文庫

生きがいは愛しあうことだけ

早川義夫

筑摩書房

目次

第一章　友だちなんていないと思ってた

第二章　また逢えるよね

第三章　音楽は本当のことしか伝わらない

第四章　間違いだらけの恋愛術

第五章　生きてゆく悲しみ

第六章　しいこちゃん

第七章 いい文章には血が流れている

生きがいは愛しあうことだけ

第一章
友だちなんていないと思ってた

佐久間正英さんと僕。塩竈ふくちゃんクリニック控室
（撮影＝佐久間英子）2013. 8. 4

趣味は恋愛

音楽プロデューサー佐久間正英さんとは一九九五年からライブで何度も共演してきた。その佐久間さんが二〇一四年一月十六日に亡くなった。仕事の時しか逢わなかったから、佐久間さんとは音楽仲間ではあっても、友だちという意識はあまりなかった。ところが、二〇一三年四月十五日「胃がんの末期だ」という知らせを受けてから、僕は泣きっぱなしになってしまったのだ。

父と母の葬式では泣いたかもしれない。HONZIが亡くなった時は泣き崩れた。猫のミータンとは見つめ合い、チャコが息を引き取った時は、ありがとうと言葉を交わした。いずれも、亡くなった瞬間にどっと悲しみが襲ってくる。なのに、佐久間さんの場合は、まだどうなるかわからないうちから、どうしようもない悲しみでいっぱいになってしまったのである。

「早川さんには本当に申し訳ない気持ちでいっぱいです。お互いにジイサマになってからもずっと続けたかったので」とメールに綴られていた。どうして僕に詫びる必要があるのだろう。自分のことで精一杯のはずなのに。演奏スタイルと同じだ。主張しない。歌を生かし、人を生かす。佐久間さんのギターの音は、アンプから出てくるのではなく、佐久間さんの身体の中を通って鳴り響いていたからいつも血のように濡れていた。

佐久間さん元気かなと思い浮かべるだけで涙がこぼれてきた。「ありがとう」というたった一言の返信に嗚咽《おえつ》することもあった。「残された時間はわかりませんが、生きられる間は前向きに生きて行こうとは思っています。無駄に生に執着せずにいられたら幸いだなぁと思います」と語られていた。左手の麻痺を治すため、脳腫瘍の手術を受ける時も、最期までギターを弾きたいという佐久間さんの願いに、僕は祈るしかなかった。

希望のない話だからという理由で、病名は口止めされていた。亡くなってから長男がtwitterで知らせることになっているという。八月上旬ツアー一日目。打ち上げの席で、「佐久間さん、そりゃないよ。みんながっかりするよ。今、佐久間さんの言葉で伝えた方がいいんじゃないかな」と勧めた。その夜一気に書き上げたのだろう。翌日、「goodbye world」*の下書きを読ませてもらった。僕は鼻水を垂らしながら何ひとつ言葉が出なかった。そのまま昼の部を歌ったら、佐久間さんから「歌、良かったー」と言われた。あんな美しい精神に出合えば、誰だってキレイに歌えるに決まっているじゃないかと思った。

いい人に出会えば、いい人になれる。いい歌に出合えば、いい演奏ができる。いい音に出合えば、より歌える。いい言葉、いい映画に出合えば、心が澄んでゆく。信じられなくなってしまったら、不潔に思えるようになってしまったら、終わりである。

佐久間さんとの付き合いは二十年近くになるが、仕事以外で逢ったのは数えるほどだ。佐久間さんが葉山に引っ越してきた時、奥様と一緒に遊びに来られた。鎌倉花火大会の日には突然女の子を連れて。僕が東京で独り暮らしを始め新年会をした時は、佐久間さんが料理を作ってくれた。サラダとスープみたいなのを手際よく。美味しかったー。佐久間さんは料理もできる。裁縫もできる。自分で弾くギターも作ってしまう。

話す機会はツアーの移動中か、ライブ当日のちょっとした時間だ。僕はいろんなことが聞きたくて質問ばかりしていた。音楽について、恋愛について、Hな話まで、心おきなく何でも話せるというのは、仲の良い証拠だ。「どうして、女の子とすぐ出来ないのかね」が二人の若いころからの共通した疑問だった。もちろん、女の子と男の子の違いはわかっているのだが。佐久間さんが「趣味は恋愛」と答えれば、「あっ、僕も同じ」と思った。

あるツアーの帰り、佐久間さんは次の仕事まで数時間つぶさねばならないと言う。「うちに来てもいいし、映画館へ行くのもいいし。あっ、スパがいいんじゃない？」と勧めると、「お風呂は、二人で入るものだから」と言われてしまった。

出番前、「大陰唇と小陰唇どっちが好き？」と訊くと、「大陰唇かな」と佐久間さんは答える。「どうして？」「うん、可愛いから」「僕は小陰唇だな」、ふたりで大笑いした。そのあとすぐステージに立ち、僕らには音楽よりも大切なものがあるんだという意味を込めて、「♪音楽がめざしているのは音楽ではない」と歌うのだ。

「悪口は直接、褒め言葉は人を介して」が佐久間さんの信条だったかもしれない。「神経質、わがまま。悪い意味で子どものような人。性格が破綻している。人として残念」とまで僕は目の前で言われた。それなのに、死を覚悟して綴った「goodbye world」では、「自分はこの人の歌のために音楽をやって来たのではないだろうか。この人と出会うためにギターを弾き続けて来たのではないだろうか」と書かれてあった。そんなことを今まで言われたことがなかったので言葉を失った。恥じないように歌っていくしかない。

僕には、女友だちはもちろんのこと、男友だちもいないと思っていた。しかし、それはとんでもない間違いであった。二十万人ものコンサートの翌日、数十人の僕のライブに同じエネルギーをもって駆けつけてくれたから言うのではない。佐久間さんとのつながりは、仕事を超え、友情を超え、きっと、愛に近かった。そうでなければ、病名を知らされた時から僕は泣きっぱなしになったりはしない。佐久間さんも命を削ってまで、二〇一三年十月シカゴ大学のコンサートまで付き合ってはくれない。佐久間さんは十五、十六歳で僕の歌を聴き、ずうっと僕を信じ続けてくれた。佐久間正英の身体は骨になってしまったが、美しい精神は今も生きている。

＊「goodbye world」が収録されている佐久間正英ブログは、左記アドレスからごらんになれます。

http://masahidesakuma.net/

弱くてもいいんだ

二〇一一年七月十六日、塩竈《しおがま》ふくちゃんクリニック木原政博先生からの依頼を受け、病院の待合室で入れ替え制で2ステージ歌った。見に来てくれた方は、ほとんど、先生の紹介で、僕の歌を初めて聴く人たちばかりだ。「聴いたことがない音楽なのに、聴きに来てくれるなんて考えられないな。無理やりなんじゃないんですか?」と木原先生に訊くと、「そんなことないですよ。精神科の患者さんたちに、時々、早川さんのCDを聴かせるんです。すると、心が弱くてもいいんだ。弱くても間違っていないんだってことが伝わって、回復に向かって行くんですよ」

僕の歌は時代も事件も関係なく、まったく個人的なことばかりだ。恋をしたとか、失恋したとか、悩みがあるとか、私はこう思ってますなんてことは、他人にとってみれば、どうでもよいことである。僕の歌が人の役に立つとはとても思えないけれど、精神科の木原先生が、いや、効果があるんですとおっしゃるのだから、きっと何かの役に立つ場合はあるのだろう。本当の気持ちを正直に語ることが出来れば、本当のことを正直に歌えれば、自分自身はもちろん、それが他の人にも通じて、安らぐことが出来たり、元気になれるのかも知れない。

「佐久間さん、今日の〈からっぽの世界〉のエンディング、突然、風が吹いてきたみたいな音が出てた。機械や楽器の音ではなくて。あれ、すごかった。どこから出ているんだろうと思った。なんか、遠くの方から聴こえてくるような。あの音、初めてだよね」「そう、あれは、今日みたいな小さなセットの時だけ出せるの。昔のエコーチェンバーみたいなものだから出せるんだ」「ということは、今回、その音を出そうと前から考えていたわけ？」「いや、とっさに思いついた」「そうだよね。前もって、ここでこういう音を出そうとか、こういうことを喋ろうなどと、一字一句、決めていたら、棒読みみたいになっちゃって、駄目なんだよね。その時の空気、呼吸、自然な即興でないとね」

一緒に踊っちゃった

二〇一三年八月三日、四日、塩竈ふくちゃんクリニックの開業三周年を記念してまたも歌わせてもった。木原先生からの依頼は、「早川さんの歌をどうしても聴いてもらいたい患者さんたちがいるんです。でも、いろんな事情で料金を捻出できない方もいらっしゃるので、今回は入場無料にしたいのです。もちろん、早川さんたちには今まで通りの出演料をお支払いいたします」ということであった。

新曲〈青い月〉を初めて佐久間さんと演奏した。佐久間さんのギターが入ると、リズムが微妙に複雑になり、不協和音というのだろうか、僕の歌謡曲っぽい部分がロックっぽくなり、サビの「♪君が好きだよ」というところなど、月に吠える狼のように感じた。控室に戻ると、今回、佐久間さんと一緒にいらした奥様の英子さんが「あの曲、はな（小学校一年生の長女）と一緒に踊っちゃった」と言う。すごく嬉しかった。

僕の歌で踊れるなんて、こんな嬉しいことはない。
打ち上げでは、板前さんが来てその場でお寿司を握ってくれた。まあ、美味しいこと。英子さんに「僕もお金持ちになったら、みんなを招待して、こういうことするんだ」と言ったら、笑ってくれた。

初日の2ステージ目、デジタルピアノの音が大きくなったり小さくなったりして、原因がわからず、そのまま演奏してお客さんに聴きづらい思いをさせてしまい申し訳なかった。本来なら、僕が担当している楽器なわけだから、僕が何とかしなければならないのに、僕は何もやれず、佐久間さんがギターを弾きながら、手が一瞬空いた隙に、手元の卓の音量つまみを何度も調整してくれたりした。ギターのフレーズどころではなかったはずである。終わってからも、明日のために、すぐ調べてくれて、解決策を見つけてくれた。何ごとに対しても、イライラしない、腹を立てない、愚痴らない、誰のせいにもしない、人間が出来ている。

本番中、MCで僕は佐久間さんに話しかける。
「佐久間さんとは、本当に気が合って、たとえば、曲の約束ごとなどで、もめたことがないですよね」

「言ってもわかってくれないから」

「どひゃー」

お客さんに、佐久間さんと僕との出会いを説明する。

「佐久間さんと僕との関係は四十五年前からなんです。僕がやっていたバンドを聴きにきてくれて、その後僕が再び歌い出した時に、二枚目のアルバムから関わってもらい、まさかこうして一緒にやれるとは思っていませんでした」。

〈からっぽの世界〉を歌い出す前、僕は心からありがたいと思い（日常では恥ずかしくて言えないから）「ありがとうございます」とお礼を言った。すると佐久間さんも「こちらこそ、ありがとうございます」と答えてくれた。

Hello World

二〇一三年九月十九日、渋谷ラストワルツにて「Hello World」と題し佐久間正英さんとライブをした。佐久間さんとはメールのやり取りはしていたけれど、逢うのは一カ月半ぶりだ。「病気が発覚してから十キロ強体重が落ちてしまった」らしいが、話をしたり演奏し始めれば、何も変わらず元気であった。しかし、はたの人には余計な心配をかけまいとふるまっているのかも知れない。終演後「第一部の演奏（約一時間）が四時間ぐらいに感じた」と言っていた。

佐久間さんから、「本当に心苦しいのですが、とても残念なお知らせをしなければなりません」というメッセージが届いたのは四月。その約二週間前、東北を二人でいつものように笑いながらツアーをしてきたのに、胃がなんか変だと気づいて病院で精密検査をしたら、「胃がんの末期だという診断」が出され、「リンパへすでに転移していて、そちらが大きく癌化しており、そこは手術的にいじることのできない部位」と言われたという。

スキルス胃がんというのは通常の検査では見つかりにくく、おかしいと思った時にはすでに末期ならば、いつ誰が、いつ僕がそうなるかわからないわけで、人間は生まれた時から死に向かって歩いているから、みんな同じような運命をたどっていくわけだけど、突然、末期と聞かされれば、「なぜ俺だけが」と僕ならば不安と恐怖で押しつぶされてしまうかも知れない。

「HONZIにあんなことがあってからほんの数年で、今度は自分の身に起きるとは想像もしていませんでしたが、残念ながらこんな現実もあるものなのでしょうね。早川さんには本当に申し訳ない気持ちでいっぱいです。お互いにジイサマになってからも……」というメールを読んで、泣けて泣けてしょうがなかった。

だって、ツアーの移動中「デヴィッド・ボウイの新作を聴いたんだけど、特別新しいことをしているわけでもないのに、すごくいいんだ。だから、早川さんもやれるよ」と、佐久間さんは僕を励ましてくれたのだ。デヴィッド・ボウイと同一視するのは大それたことだけど、若い時から僕を見守ってきてくれた佐久間さんと、僕はこれからもずっとやって行くんだと思った。

病名は口止めされていたが、四月末から八月上旬にかけて、渋谷、名古屋、京都、神戸新開地、塩屋、シカゴ大学マイケル・ボーダッシュ教授と打ち合わせ、東新宿、鎌倉、塩竈、共にライブをしてきた。「一度に食事が入らないんだ。美味しいのに残してしまうので、お店の人に悪くて」と食堂で言うこともあった。

八月塩竈のライブは、七月中旬過ぎに一度、佐久間さんからキャンセルが入った。左手の麻痺を治すため、八月に脳腫瘍の手術をすることになったからだ。ところがライブ前日になって、急遽「行きます」と連絡が入った。もしかしたら、これが最後の演奏になるかも知れない、あとで後悔はしたくないからという判断だった。ふくちゃんクリニックで合流した時、「今朝、病院に寄って来たんだけど、医者が言うには、予想以上に進行が早くて、肝臓、脾臓にまで転移している。あと一、二カ月、もって年内」と宣告されたことも聞かされた。

一日目の打ち上げの席で、佐久間さんに病名を公表することを勧めた。翌日、その文章を読んで僕は涙がこぼれるばかりで黙っていたら、あとで感想を求められた。「感傷的にならず、とてもいい文章だと思う」と答えた。「ひとつだけ気になったのは、僕の名前が出てくるけれど、佐久間さんと関わった多くの人たちから奇妙に思われないかな」と言うと、「そんなことは関係ないよ」と即答された。佐久間さんは、いつだって自分に正直で、迷いはなかった。

東京に戻ると佐久間さんから、「ブログに書こうと思っていた文章、あれから考えてみたら何だか自分の先行きを短い時間で諦めてしまっている様な感じがしたので、もう少し前向きに直そうかと思いました」とメールが入った。「うん、そう思ったら、それが正しいと思う。それがいいね」と、僕はなぜかほっとした気持ちになった。まだまだ佐久間さんはずっと元気でいられるんだと思った矢先、二、三日してtwitterを見ると、京都に出かけたらしく「美味しいものも食べたことだし、そろそろ重大発表するかな」と書かれてあった。僕は思わず「やめろー、やめてくれー。すべて嘘だー」って、誰に向けて言っているのか自分でもわからないけれど、部屋の中で叫んだ。

公表後、僕のところへも反響があった。渋谷ラストワルツのオーナー石原忍さんから「九月十九日空けておきますから」と連絡が入った。渋谷クラブクアトロの上田健二郎さんからは「九月二十九日使って下さい」とご返事をいただいた。「万が一の場合はキャンセルになってしまうけれど、それでもいいですか」と問うと、「どういう形になってもかまいません。佐久間さんのために空けておきます」。どちらのお店も同じスタンスであった。

佐久間さんの書いた「goodbye world」という文章がすべての人の心を動かしている。僕にはあんな美しい文章は書けない。ところが、佐久間さんは病気を冷静に受け止め、どういう治療法が良いかも自分で調べ、前向きに、かといって、闘うんだというふうでもなく、いつもと変わらず、常に人に優しく、気を遣いながら、仕事をこなし生活をしている。最期までギターを弾きたい、左手の麻痺を取り除きたいがために、八月十四日脳腫瘍の手術を受けた。とても真似はできない。この日僕は「いつか」という曲の中で、「♪生きてゆく姿がステキなんだ　佐久間正英」と歌った。

The beautiful world

九月二十九日、渋谷クラブクアトロにて「The beautiful world」と題し佐久間さんとライブをした。スペシャルゲストは、くるり。バイオリンのクラッシャー木村さん、歌手のゆあさみちるさんも参加した。

ふだん、佐久間さんとライブをする時はほとんど僕が選曲し、四、五日前に曲順表を送り「いい感じだと思います」という返事をもらってからするのだが、九月十九日ラストワルツでの選曲も、九月二十九日の選曲も曲順もすべて佐久間さんが決めてくれた。佐久間さんの演奏したい曲と僕がその日に歌いたい歌がほとんど同じであったことが不思議である。

アンコールはくるりと一緒に演奏した。佐藤征史さんのベース音は心地よい。ファンファンのトランペットは、おー！　って感じ、ドラムの岸田繁さんとはしばしば目が合ってにっこりした。佐久間さんに「やはり、いい人はいい音を出すよね」と改めて言う。すると、佐久間さん「これまで、早川さんとやってきたバンドの中で、一番良かったね」

よく使われる決め台詞がダサイように、良い演奏はよくある手を使わない。その曲にしか合わないフレーズを弾く。歌を説明している効果音は意味がない。より歌いたくなるような創作が演奏者から生み出されなければ人数分の良さは出ない。澄み切った音が血管を流れる。

前より、食事はのどを通らないようだし、激痛のため夜中、目が覚め眠れないらしい。ギターが重いって言っていたし、体力は消耗しきっているにもかかわらず、弱音を吐かず、強がりもせず、佐久間さんは変わらず誰に対しても優しく、どこまでも自然体だ。手術をしても、左手の麻痺は完全に治ってはなく、ギターの弦を押さえる時、自分の意志とは関係なく、半音ずれてしまうこともあり、ピアノを弾く時は、突然、Cのコードがわからなくなってしまう場合があると言う。

渋谷クアトロでやりたい、京都でやりたいと希望したのは佐久間さんだった。僕は日程を押さえただけで、曲目、ライブ構成、共演者への誘い、映像録音関係、舞台監督、手伝いの方たちへの連絡など、すべて佐久間さんがしている。十月七日の京都シルバーウィングスは急遽決まり、たちまちソールドアウトになった。オーナーの平井淳一さんは、なるべく多くの方たちに見てもらえるよう、椅子を買い足し対応してくれた。

リハーサルで佐久間さんがアルペジオを弾いていた。キレイな音だったので、「あれ、それなんの曲？　佐久間さんの曲？」と訊ねたところ、「〈天使の遺言〉だよ」と言う。自分が作曲したのに気づかない僕が鈍いのだけど、ギターだけを聴くと、独立したひとつの作品になっている。佐久間さんは、歌を生かす。作品として完成させるために演奏をしているから、一緒に演奏すると、図々しい言い方だが、まるで、僕が弾いているかのように、音が溶け合ってしまうのだ。

京都での飛び入りゲストは、ベース根岸孝旨さん、ドラム屋敷豪太さん、ピアノ力石理江さんがアンコールで出演してくれた。ドラムセットをすばやくステージのそでからセッティングするため、宮崎県から堀川健治さんが手伝いに来てくれた。堀川さんはかつて、そうる透さん、佐久間正英さんのアシスタントをしていた方であり、みんなが結集してくれた。

屋敷豪太さんは、東京での仕事の関係でギリギリ間に合った。僕は初めて共演する。なんと心地よいドラムであろう。音が立っている。ベースは底辺を支え、ピアノの力石さんとは連弾をした。まあ、びっくりした。初めて聴く曲を二、三小節聴いただけで、リズムも雰囲気も的確にとらえ、間奏では、パラパラパラと、思ってもみなかったようなメロディーが飛び交った。同じピアノを弾いているのに、タッチ、音色がまったく違うのだ。やはり、音は楽器から出て来るのではない。その人自身が楽器だった。軽やかで色っぽく、みんなの身体に音が駆け巡った。あの音色は、一生忘れないだろう。世の中には、すごい人がいるものである。

終演後、佐久間さんのお友だちのお店で打ち上げをした。最後、佐久間さんが挨拶をした。「もしかしたら、京都の人たちとはもう逢えないかも知れないけど、今日はどうもありがとう」。みんな心の中で泣いた。でも明るく、手をたたき、みんなで写真を撮った。

シカゴ公演

近代日本文学を専門としているシカゴ大学教授マイケル・ボーダッシュさんから、二〇一三年十月十八日シカゴ大学で歌ってくれないかという依頼があったのは二〇一二年六月のことだった。僕はすぐさま、佐久間さんに連絡を取り、一緒に行ってもらえないだろうかとお願いした。佐久間さんも喜んでくれて、マイケルさんも歓迎してくれた。

二〇一三年十月十五日に成田を発ちシカゴまで長時間の旅。僕にとっては初めての海外旅行だ。佐久間さんの勧めでビジネスクラスにして良かった。ＪＡＬの案内係は優しく手際よく搭乗までスムーズ、ゆったりとできた。機内では佐久間さんと隣り合わせだったことも一安心だ。でも、佐久間さんは「昨日から、痛み止めの薬が効かなくて、腰の骨が痛いんだ」と言う。「何か手伝うことある？」と尋ねると、「いや。途中、立ちあがることがあるかも知れないけど気にしないでね」と言われた。

座るのも寝るのも苦しそうだ。でも、だんだん薬が効いてきたのだろうか、しばらくすると、佐久間さんは横向きになって寝入っていた。機内食は和食を頼んだ。九つの小鉢に少しずついろいろなものが品よく収まっているのだが、うーん、デザートの抹茶ババロアだけが美味しかった。佐久間さんはその間、ぐっすり寝ていたため、和食を食べそこない、たぶん、洋食を頼んだのだと思う。

佐久間さんから曲目を聞いていたら、スチュワーデスさんから「お連れさまだったのですね」とにこにこと話しかけられた。「ええ、恋人同士なんです」と僕は答える。「雰囲気が似ていらっしゃるから、同じお仕事関係の方かと思いました」と言われた。

空も暗くなり、僕は寝てしまった。ふと目が覚めると、先ほどそれほど食べなかったせいか、お腹が空いてきたので、三元豚かつサンドとビールを注文した。肉の厚さが、これまで見たことのない厚さで、柔らかく、ほんの少し脂身もあり、美味しかった。

入国審査が厳しくてびっくりした。成田の出発時とは大違いである。お役所仕事だからか、テロ対策もあり、しかたがないのかも知れないが、まったく、お客さん扱いではない。すべてが命令口調だ。たまたま、佐久間さんのギターケースを僕がカートで押していたので、危険なものでも入っていると思われたのだろう、厳しくチェックされた。

空港には、日本語が出来るシカゴ大学の大学院生ジョシュア・ソロモンさんが迎えにきてくれた。車でホテルまで連れて行ってもらう。ホテルは僕などが通常ツアーで使っているビジネスホテルより立派だ。内装もシンプルで、それぞれのデザインセンスはいいのだが、これは習慣の違いなのだろうか、シャワーはあるのだが浴槽がない。

翌日、朝食はルームサービスを頼んだ。電話で「ブレックファースト、スクランブルエッグ」「ナントカ、カントカ……」「イエス、パン。ワンワンゼロナナ（セブンと言ったどうか忘れた）」。話の途中、早口で（遅口でも同じだが）ペラペラペラと英語で話しかけられると、さっぱりわからなくなりくじけそうになるが、トントンとドアをたたく音がして、朝食が届いた。ところが、昨日お昼に食べたパスタの味と何となく似ている。二食目にして、もう日本食が恋しくなってしまった。

三日目、ソロモンさんの案内で、シカゴ大学を下見した。マイケル・ボーダッシュ教授、サラ教授と打ち合わせ。会場になるホールも見せてもらった。スタインウェイのコンサート・グランドピアノがある。その後、大学の構内にあるレストランで、日本文学のホイット・ロング教授、レジー・ジャクソン教授らと食事。僕の食べるものは佐久間さんが選んでくれた。

十月十八日、シカゴ大学 International House の舞台のスクリーンには、「Performing Hayakawa Yoshio」と文字が映し出されている。マイケル・ボーダッシュさん、和光大学表現学部教授上野俊哉さん、坂口安吾『堕落論』などを研究しているジェームズ・ドーシーさんがかわるがわる僕に関する論文（？）みたいなのを英語で発表している。日本ではあり得ないことだ。人ごとのように感じた。佐久間さんも壇上に呼び出され、僕との出会いを話す。十五、六歳で知り合い、今にいたるまでのことを。次に僕も呼ばれ、音楽について話したい気持ちが少しあったが、すぐにでも歌いたくなり、「早く歌いたいです」とだけ答えた。

ユーストリーム中継の準備があり、また、急遽、佐久間正英さんを追いかけて、ニユーヨークからNHK CosmoMedia Americaのカメラも入り、機材、配線、サウンドチェックなど。僕らが楽屋で休んでいる時、会場ではレセプションが行われていた。佐久間さんは昨日あたりから風邪をひいたらしく、さらに体調が悪い。背中を軽くさすろうとすると、抗生物質を飲んだため、「水を飲んだだけでも吐きそうになる」と答えた。

約一時間の曲目は佐久間さんが考えてくれた。〈ひまわりの花〉〈赤色のワンピース〉〈堕天使ロック〉から始まり、〈からっぽの世界〉まで十一曲。アンコールをいだいた時のため、〈この世で一番キレイなもの〉を準備した。〈からっぽの世界〉のエンディングのギターはテクニックなんかをはるかに超え、佐久間正英を全部出し切っている感じがした。そでに引っ込んでも拍手はあったが、「これで終わった方がいいんじゃないの?」と僕が言うと、「スタンディングオベーションだから、行きましょう」と佐久間さんはやる気。予定通り〈この世で一番キレイなもの〉を演奏。ゆっくりと落ち着いて歌えた。ギターが途中から透き通って聴こえて来る。二度目のアンコールでは〈君でなくちゃだめさ〉を歌って終えた。

終演後、マイケル・ボーダッシュ教授から、「近所の人を誘ったんだけど、歌の意味など、全然わからないのに、泣いていましたよ」と言われた。なんて嬉しいことだ。意味が通じなくても何かが伝わっている。声、息遣い、音、メロディーが目には見えない場所まで沁み込んで行く。

いよいよ帰国の日、十月二十日。シカゴから成田へは、佐久間さんのマネージャー内藤直樹さんと一緒に帰って来た。シカゴ・オヘア国際空港の保安検査場では、靴を脱がされ、ズボンのベルトを外され、何かとんでもないものでも見つけ出すつもりなのだろうか、お腹を一周さぐられた。アメリカは入国出国に関しては本当に厳しい。二十日の午前十一時に飛び立ち、成田着は二十一日午後二時であった。

搭乗前、松沢明彦さんからメールが届いた。松沢さんはそれまで日本にいて、時々ライブを見に来てくれた方で、今はニューヨークに転勤、都合をつけてシカゴまで聴きに来てくれたのだ。

「佐久間さんにとって、〈からっぽの世界〉は特に思い入れがあるのではないでしょうか。あの佐久間さんの演奏は本当に素晴らしかったです。録音していたら、〈青い月〉のB面はこれで決まりですね」

とあり、嬉しかった。「佐久間さんのことは心配ですが、ずっと立って最後まで演奏をした姿は忘れません」と書かれてあった。

お詫び

二〇一四年一月十六日午前二時二十七分、佐久間正英は永眠しました。葬儀は、彼の意思を尊重し、親族での密葬をすませました。よって、一月二十二日（水）に行われる予定だった、渋谷ラストワルツでの公演は、残念ながら中止せざるを得なくなりました。ご予約いただいたお客様、大変申し訳ありません。深くお詫びいたします。ご理解のほどよろしくお願いいたします。

2014.1.20

「一生懸命やること。そこに誤魔化しや妥協をしないこと。出来ることだけを出来る様にやること。当たり前の事を偉そうにやらないこと。ひたむきであること。いつも新鮮であること。自分の感覚を信じること。友達や仲間の助けを素直に受け入れること。実際はカッコ悪くてもカッコよく生きようとすること」

（佐久間正英ブログ　2012. 4. 15「一段落して」より）

第二章
また逢えるよね

那覇市希望ヶ丘公園の猫ちゃん　2006. 11

歌手　高田渡さんを悼む　いい歌　歌いつくした

二〇〇五年四月十六日の訃報を聞く一カ月前、渡ちゃんから電話があった。「久しぶりに声を聴きたくなってね」「えっ、まるで恋人みたいじゃない」と、いつものように冗談を喋り合った。

一九七一年、僕らは同じ音楽事務所にいた。渡ちゃんの《ごあいさつ》というレコード制作に僕はスタッフとして加わった。〈自転車にのって〉〈コーヒーブルース〉〈生活の柄〉などが入っているバナナの絵のジャケットだ。コーヒーを飲み、よく喋り、お酒を飲んだ。

僕が歌をやめる時も、ふたりで飲んだ。帰り際、「今やめるのは卑怯だ」と怒鳴られた。渡ちゃんとしては愛情だったのに「そんなの関係ないだろ」と僕は子どものように言い返し、新宿駅改札口でけんか別れをした。

二十二年後、再び僕が歌い出した時、渡ちゃんは聴きに来てくれた。のちに同じステージにも立った。歌い終えると僕は汗びっしょりなのに、渡ちゃんは汗ひとつかいていない。負けたと思った。数日後、渡ちゃんから電話があり、家の者が「負けたって言ってましたよ」と答えたら「えっ、何だって、もう一度」と嬉しそうに聞き返したらしい。

渡ちゃんから学んだことがある。「曲の終わり方がみんなジャーンって音を伸ばすけど、プツンとそっけなく終えた方が余韻が残るのにね。悲しいからってマイナーコードを使うのもねえ」と常に「いかにも」というのを嫌った。

僕は対抗心があったのだろうか、負けじと「貧乏自慢をするのは、金持ち自慢と同じだよ」と皮肉った。

お酒の飲みすぎでステージで眠ってしまうような時期があったらしい。それをみんなが「渡ちゃんらしい」って許していたことが少し気になっていた。いや、そんなことを言いたいのではない。渡ちゃんは分かっていた。みんなの優しさも自分の寂しさも。一人一人が音楽なんだということを。いい歌をいっぱい歌ってくれた。

渡ちゃんは歌いつくした。耳を澄ませばいつだって声が聴こえてくる。僕は悲しくなんかない。

I LOVE HONZI

HONZIのバイオリンの音を最初に聴いたのは一九九七年頃だと思う。場所は南青山マンダラ、リクオさんと一緒の時だった。リハーサルの時、ステージの脇で聴いていたのだが、すごいと思った。揺れている姿にも見とれてしまった。たしか、髪を赤色か金色に染め、薄い透き通った服をまとっていた。打ち上げで「色っぽかったー」と話しかけたら、「知ってます。リハーサル中、後ろから見られてたの」と言われ（会話はそれだけ）、あー嫌われていると感じた。

それ以来、共演したいと思いながら、ずうっと指をくわえていたのだった。そしたらそのうち、中川五郎さんとも一緒にやっていることを知り（そのころ五郎ちゃんはやたら美女に囲まれて歌っていた）。

五郎ちゃんいわく、「共演した女の子とは、みんなやっちゃうの」。もちろん僕に対してだけの冗談なのだが、もしかしたら、本当なのではないだろうかと僕はうらやましがり、五郎ちゃんが楽しそうにＨＯＮＺＩへ電話をかけているのを横目で見ながら、嫉妬していたのだった。

そんなつながりから、別に嫌われていないことを知り、ＨＯＮＺＩと演奏できるようになったのだが、いまだに友だちではない。私生活のことはほとんど知らない。電話は出ない。メールは返って来ない。だから、たまにメールの返事が「はい」だけでもあると感激する。

ＨＯＮＺＩとは二〇〇二年あたりからずいぶんと一緒に演奏をしてきた。初共演の時は、バイオリン、アコーディオン、ピアニカ、マンドリン、手に抱えられないくらいの楽器を持って、開演時間すれすれに来てハラハラさせてくれた。

素晴らしい演奏者はみんなそうであるが、まず、音が入ってくる瞬間がすごい。絶妙のタイミングなのだ。音を出す一歩手前の沈黙というか、息を吸っている音が聴こえてくる。決して歌声とはぶつからず、歌詞の隙間をぬって、思ってても見なかったようなフレーズが飛び出す。といっても、人をびっくりさせるような音ではなく、テクニックを超えたうっとりするような音なのだ。

のちに、HONZIはがんを患い、手術、治療などでしばらく一緒に演奏は出来ない時期があった。二〇〇七年一月二十日、久しぶりにHONZIと共演できた。体調がまだ万全でないため、全曲参加ではなく、ライブの前半と後半だけ弾いてもらった。いい音だった。なーんだ、これだったら全曲できるじゃないかと思えたが、実は楽器を持つのも辛いらしく、本来は安静にしていなければいけないらしい。

この日のために作ってきた新曲〈I LOVE HONZI〉を何の説明もなくリハーサルで聴いてもらった。「こんな感じなの」と言うと、HONZIは内心照れていたと思うが、「うん」とうなずいてくれてバイオリンを弾いてくれた。

HONZIありがとう

二〇〇七年九月二十七日、HONZIの訃報を聞いて、涙と一緒に最初に出てきた言葉は、「ごめん」だった。「何も出来なくて、何も力になれなくて、ごめん」だった。

帽子を取り、つるつるの頭を見せてくれたのは、二〇〇五年九月一日、恵比寿スイッチでのCes Chiens（早川義夫＋佐久間正英）＋HONZIライブの時で、まさか抗がん剤のせいとは知らず、ファッションなのかなと思った。そのくらい僕はバカで、そのくらいHONZIは、いつもと変わらず元気だった。HONZIは別に病気を隠すつもりはなく、訊かれなかったから答えなかっただけなのだ。

音楽以外でのつきあいがなかったため、私生活のことは何も知らない。ご主人を初めて紹介されたのも、あれはたしか、たまの知久寿焼さんたちと一緒にやったお茶の水でのライブの打ち上げの時、エレベーターの中で「同居人」と紹介された。同居人て何のことなのか僕はよく飲み込めなかった。

その後、順番は定かではないが、結婚をし、お父様が亡くなり、手術をし、インドに行き、ノルウェーにも行き、治ったかに思えたが、「また、がんが別な場所に見つかった」とメールが入り、ライブのキャンセルが数回あった。バイオリンが持てないと聞いた時、えっ、バイオリンてそんなに重いのかなと思ったが、やはり、弾く時は相当の力を入れるのだろう。骨に転移していたのだろうか、背骨の真ん中あたりが痛いと言っていた。だから、本番前は、痛み止めを服用していた。

もしかしたら、ご主人はずっと家で安静にさせていたかったのかも知れない。わからない。でも、僕はなるべく一緒にやりたかった。ＨＯＮＺＩもそう思っていてくれていると思った。ＨＯＮＺＩのスケジュールは、いろんな仕事で埋まっていたと思う。バイオリンを弾くという目的を失ってしまったら、病気だって治らない気がした。そのかわり、体調がすぐれない場合は、休んでもいいし、もし来れなかったら、僕一人でやればいいんだと自分に言い聞かせた。

しかし、沖縄のライブが決まった時だけは、直接、僕はHONZIと電話で話をした。「どう？」「行く行く」「なんか、大きいホールなんだよ。グランドピアノがあるんだ」「じゃあ、私も沖縄に友達がいるから宣伝するよ」「一カ所だけでなく他の場所も可能？」「うん、まかせる」「帰りはいつがいい？」「病院に行く日が月曜日だから、三十日の日曜日がいいかな」「うん、わかった」と言葉をかわしたのだ。

それでも僕はなんとなく心配だったので、「八月末の富山、金沢、渋谷。九月末の沖縄。お互い体調を整え、頑張ろうね」と暑中見舞いのハガキを出した。返事は来ない。返事が来ないのはいつものことだから、（ホントは心配だが）気にしない。ライブの数日前に曲順表を送るだけだ。

富山でHONZIは、今までで最悪の体調だった。飛行機の中で吐き気をもよおし、食べたいものも食べられない状態だった。僕と新見さん（マネージャー）が、「僕らをこき使ってよ。ふたりともMなんだから」とHONZIを笑わせたりしたが、HONZIは「そんなこと慣れてないから」と言って、照れた。新見さんがバイオリンを持ち、僕はHONZIの緑色のリュックサックを背負った。HONZIのリュックを背負うことが僕はすごく楽しかった。「似合う？　じいさんがリュック背負うと完全におじいさんになっちゃうんだよね」なんて喋りながら。少しでもＨＯＮＺＩに役に立つことがあったら、してあげたかった。たとえば、よくわからないけれど、どこかが痛くてさすってほしいところがあれば、さすってあげたかった。でも、ＨＯＮＺＩは「ううん、平気」と繰り返すだけだ。

金沢もっきりやでの本番前、「ステージで吐きそう」と言っていたが、そんな体調の悪さをまったく感じさせないほど、相変わらず演奏は素晴らしかった。特に〈屋上〉でのバイオリン、コーラスは最高だった。〈からっぽの世界〉も美しかった。こういう時に限って録音されていない。もっきりやのマスター平賀さんは初めて生のＨＯＮＺＩの音を聴き、「天使みたい」と表現した。

渋谷クアトロのイベントでは、リハーサルは出ず、事務所で仮眠した。新見さんが送り迎えをし、本番前に楽屋に着いたら、ＨＯＮＺＩはなんだかすっかり元気になったみたいで、みんなと楽しそうに話をしていた。やはり、音楽仲間が好きなのだ。音楽仲間もみんなＨＯＮＺＩのことが好きなのだ。

九月に入って、すぐに入院した話を聞き、沖縄キャンセルの知らせが届いた。HONZIからもめずらしくメールが届いた。「こんにちは。沖縄の件ごめんなさい。二回続けてキャンセルはなかなかないよなー。私は十日に退院して、家で安静中です。ごはんが食べれるようになり、栄養をつけてます。ゆっくり回復しますね！　早川さんもそれまで待っていてください。さて、ひとつおねがいです。またTシャツ作ってください。肝臓が腫れてるので、サイズビッグです。男サイズで。これからは永遠にLLL……。おねがいします。ほんぢ」。初めて甘えてくれた。

その後、車椅子に乗って元気になっているという話が伝わり、体調がいいのか悪いのかがよくわからなかった。仮に悪くても、何もしてあげることはできないのだから、良くなることだけを祈った。

九月二十六日の夜、中川五郎さんから電話が入った。「今日、HONZIのところに見舞いに行ったんだけど、だいぶ具合が悪いみたいなんだ。沖縄に行く前に一応知らせようと思って」「知らせてくれてありがとう」。三日前に車椅子で野球を見に行った話も聞いた。だからではないが、まだ僕は楽観視していた。今考えると、ご主人は

HONZIの望みを全部叶えてあげようとしていたのかも知れない。ご主人に「明日、沖縄へ行ってきます。頑張ってくるって、HONZIに伝えて下さい」「はい、今寝てますので、伝えておきます」。佐久間正英さんにも電話をし、僕が沖縄から帰ったら、一緒にお見舞いに行こうねと話をした。

二十七日午後、那覇空港に降り立ったら、勝見淳平さんから電話が入り、「HONZIさんが二十七日午前三時に亡くなった」と知らされた。ラジオの収録が終わってから、ご主人に電話をした。こういう時、なんて言えばよいのかがわからない。「何にも力になれなくて、ごめんなさい」「いえ」「HONZIが亡くなったことをステージで喋ったら、俺、〈I LOVE HONZI〉歌えなくなっちゃう。でも、HONZIの分まで歌ってきます」「はい」。お互いに言葉を詰まらせながら、ただ泣くばかりだ。

東京に戻り、告別式の様子をうちのから聞いて、HONZIがいかにみんなから愛されていたのかをあらためて感じた。思い出すと、ふいに涙が襲ってくる。昨日、中川五郎さんのブログ（2007. 10. 2）を読んで泣いた。みんなが泣いている。

「嫌いな人っているでしょ？」とHONZIに訊ねたことがある。「うーん、いないなー」という答え。「人に言えない秘密ってあるでしょ？」と訊いた時も、「ない」と言う。なんて俺は汚れている人間なんだろう。

ご主人の影響だろうか、阪神タイガースのファンだった。下柳投手を応援していたけど、偶然ライブハウスで知り合った横浜のクルーン選手と写真を撮った話を三回ぐらい聞かされた。子供のように自慢した。HONZIが自慢したことはたったそれだけだった。あんなに、すごい音を出すのに。

HONZIの音は、テクニックを披露するような音楽とは違う。やさしい音なのに初めて聴く音だった。意外な音なのに奇をてらうわけではない。かすかな音もよく聴こえ、激しい音もうるさくない。常に歌を生かし、自分を主張するというより、降りてくる音を受け止め、奏でているだけのようだった。悲しみと優しさに包まれている、たましいそのものだった。「HONZIの音ってシンプルでいいね」と言うと、「シンプルが一番むずかしいもの」と言った。

もう、逢えないわけではない。HONZIに話しかければ、HONZIは笑ってくれる。これからも、きっとそばで見守ってくれる。見えないもの、聴こえないものが音楽なんだということを僕はHONZIから学んだ。「HONZI、ありがとう」。

HONZIの歌を作るにあたって、真っ先に浮かんだ言葉は「透き通っている」であった。演奏上手な人はいっぱいいるけれど、美しいか美しくないかは、透き通っているかどうかだ。音に限らず、言葉、感性、性格、思想においてもそうである。透き通っている人が正しい。

ステージを観て「あのふたり出来ているんじゃないの」と言われたことがある。ところが出来ていない。演奏者冥利だ。ぴったりと息があっているだけだ。HONZIはバイオリンだけでなくコーラスも素晴らしい。バイオリンを弾きながら、HONZI自身から編み出されるメロディをささやく。絶妙なタイミング、音量バランス。決して出しゃばらない。それなのに光っている。

I LOVE HONZI

透き通ってる 色っぽいメロディー

偽りのない　まっすぐな音
心の奥の悲しみや　言葉にならぬ思いを
描いてくれる　ただひたむきに　ＨＯＮＺＩのバイオリン

透き通ってる　色っぽい響き
揺れてるだけで　惹きこまれてゆく
演奏中は恋人のよう　息がぴったり
神が降りてくる　みんなの心に　ＨＯＮＺＩのバイオリン

隠し切れない苦しみや　抑えきれぬ思いを
包んでくれる　母なる歌声　ＨＯＮＺＩの音楽

透き通ってく　羽ばたくＨＯＮＺＩ
愛がいっぱい　ＨＯＮＺＩのバイオリン

チャコの死

チャコは八歳まで母と暮らしていて、二〇〇一年二月、母が亡くなってから僕の家に来た。初めて海岸に連れて行った時、波打ち際を飛び跳ねたので、母が喜んでいるようで嬉しかった。留守番をさせると寂しそうな顔をし、帰ると目尻を下げホントに笑いながら駆け寄ってくる。本屋さんの店前ではおとなしく待つことが出来たし、ワンちゃんとは遊べなかったけれど、太った体でもくもくと歩いていたから、鎌倉の観光客からは「可愛いー」って言われることが多かった。

しかし、歳とともに笑わなくなり、二年ぐらい前からは歩くのがつらくなり、浜辺ではすぐ座り込み、散歩の途中で抱くことが多かった。うちのがふざけて「今度飼う時は歩く犬にするの」と言って犬仲間を笑わせた。二〇〇八年八月十日、突発性前庭疾患にかかり、一カ月ぐらいで治りかけたが、そのまま認知症が進み、夜鳴きと徘徊が続いた。

それまで、めったに鳴くことはなかったのに、体が思い通りにならないからだろうか。やたら歩きたがるのは何なのかわからない。あんなに歩くことが苦手だったはずなのに。家の中でも壁やテーブルの脚にぶつかりながらぐるぐる回る。床が滑るので転ぶ。外を歩かせている間だけおとなしかった。足の爪から血が出るほど歩く。靴下をはかせた。家の周りを一時間も二時間も歩く。

ある日、いつものように夜中に起こされ、着替えるのが面倒なのでパジャマ姿で暗がりを歩いていたら、近所の人に出会ってしまった。きっと僕が徘徊していると思われただろう。もしかしたら、これは認知症ではなく、『楢山節考』のように、これ以上家族に迷惑をかけぬよう早く死にたいがために自分を痛めつけているのではないかとさえ思った。あるいは死に場所を探していたのか。それとも「今度飼う時は歩く犬にするの」って言われたのがよっぽどショックだったのかも知れない。

十六歳の誕生日を迎えてすぐ、二〇〇八年十月十一日、沖縄からの僕の帰りを待ってチャコは死んだ。息を引き取ったと思った瞬間、「チャコちゃーん」と呼びかけたら、目をあけ、手を差し伸べ、口をパクパクさせそれっきり動かなくなってしまった。苦しがったわけではないし、知らぬ間に死んでしまったわけではない、ほんの短い間介護もさせてくれたし、ちゃんと挨拶を交わして亡くなっていったから、悔いはない。

白い布に包まれた遺骨は今ピアノの上にある。横にはチャコの写真。メールをくれた方、お花を贈ってくれた方、チャコが登場する〈暮らし〉という歌をライブで一緒に歌ってくれた方、「たくさんあそんでくれてありがとう。てんごくでもしあわせでね」と絵を描いてくれた子、みんな優しくしてくれてありがとう。チャコはいつも僕のそばにいます。

死後の世界

死んだことがないから、死後の世界がどうなっているのかは知らない。おそらく無の状態だと僕は思うが、このごろふと思うことがある。死が前ほど恐くない。実際に死を迎えるような病気に今なっていないから、不安でないのかも知れないが、必ずいつかみんな死ぬのだ。死んだらきっと好きな人に逢える、佐久間正英さんに逢える、チャコに逢える、ＨＯＮＺＩに逢えるんだ、「♪ほんとのことが　言えたらな」（〈風〉）と歌う渡ちゃんに逢えるんだ、と思っている。

第三章
音楽は本当のことしか伝わらない

十八歳の僕

音楽と〇〇

夕方お風呂に入っていたら、外から〇〇ちゃんの声が聴こえてきた。姉弟げんからしい。怒りとくやしさの入り混じった声で、「バカ、うんこ、ちんこ、おなら」「バカ、うんこ、ちんこ、おなら」と繰り返し叫んでいる。そばで、お母さんが「おならなんて言ったって、何にもならないから、やめなさい」と優しく言う。けんか相手のお姉さんの声はなにひとつ聴こえてこない。黙っている。弟の〇〇ちゃんだけの声が永遠に響く。「バカ、うんこ、ちんこ、おなら」「バカ、うんこ、ちんこ、おなら」。もうなみだ声になっている。湯に浸かりながら、ああ、音楽だと思った。

さみしいメロディー

二〇〇九年八月、マッシュルームカットと眼鏡の（僕と似てる？）北村早樹子さんと競演した。リハーサル前、早樹子ちゃんとお話。
「今日は、この間の話の続きをしたくて」「〇〇〇の話、楽しいものね」「どこまで喋っていいものか、その限度がわからなくて」「英子お姉さん優しいから、何言っても怒らないと思うけど、〇〇〇は小学生レベルの話なんです」「あっ、そうなのか。いやらしい話ではなくて、子供がうんちとかおしっこと言って喜ぶような、楳図かずおの世界みたいなね。やっとわかったー」

二〇〇八年十二月、東高円寺U.F.O.CLUBで、ピアノとヴォーカルデュオの石橋英子さんとアチコさんが出番前に「トイレ行かなくちゃ。〇〇〇じゃなくておしっこだよ」って、みんなに聞こえるように言いながら、トイレに向かって行った時、普通そんなこと言うかと思って、僕はぽかんとしていたのだ。その日の乾杯の席で、石橋英子さんをお姉さんのように慕っている早樹子ちゃんが突然、「私、英子さんの〇〇〇だったら、両手で受けたいです」「わーうれしいわー」。という会話があったのだ。


さっそく控室で、「この間の話、素晴らしいなと思って」と僕が切り出すと、英子さんが「坂本弘道さんは、〇〇〇で『す』の字が書けるんですって」「ほー」「横の棒がむずかしいって言ってましたよ」「はー」。どうも僕はまだ〇〇〇に慣れてない。

「僕は〇〇〇よりおしっこの方が好きなんですけど」

早樹子さん「英子お姉様の聖水を浴びたいんですよね」

「いいですねー。僕の歌で、〈桜〉という曲があるんですけど。あれは、大きな公園の真ん中に一本大きな樹があって、真夜中で誰もいなかったんですけど、その時、彼女がおしっこしたくなったと言って樹の下でするんです。自然ななり行きで、僕は靴に飛び跳ねないようにという配慮もあって、おしっこを両手で受けたんですね。『♪桜の樹の下で　君を抱きしめたい』というのは、そこから生まれたんです」

「たとえば、こういう控室の隣にトイレがあるでしょ。女の子がトイレに入り、普通は、音を消すためにジャーって水を流すでしょ。ところが、そういうことをしない女の子がいたのね。元気ですよっていう挨拶みたいに、おしっこの音が聞こえてきたの。その音が美しくてね。それを歌にしたくて。でも、おしっこという言葉を使うと、ばっちくなってしまうかコミックソングになってしまうでしょ。だから、『♪身体から流れる　さみしいメロディー』〈あの娘が好きだから〉になったの」

「わー、キレイ」

繰り返すこと

二〇〇九年四月、「裏窓」オーナー福岡さんの企画で、(昔の僕と髪型がそっくりの)灰野敬二さんと新宿JAMにてライブをした。開演前、灰野さんと楽屋で話す。「灰野さんと僕はいくつ離れているんですか?」「五つぐらいだと思いますよ。中学生の時、学校に遅れるのを覚悟で必死で『ヤング720』を観ていたんですから」『ヤング720』観たっていう人多いんだよなー(当時は音楽番組が少なかった)。記憶としては、二、三回しか出演したことないんだけど」「ぼくが観たのも二回ぐらいかな」

リハーサル後、灰野さんが「ぼくは同じことは二度しませんから」と言う。僕は「そうですか。僕は同じことしかできませんから」と答える。ライブは各ソロの後、セッションを二曲。耳元で聴く初めての灰野さんの爆音。歌と重なったときは、どんなに大声を張り上げてもかき消されてしまう。異空間。初めての経験。

裏窓のピアノ

二〇一〇年十月ソロライブ。夕方五時、新宿に着くと雨がポツリ。ライブの日に雨が降ると、お客さんに申し訳なく思う。今日は新宿ゴールデン街「裏窓」。初めての場所だ。夕方六時と夜八時の二回公演。チケットは売り切れとのこと。店が小さくて椅子が七つしかないからだ。しかし、アップライトピアノがある。かつて、浅川マキさんが使っていたピアノらしい。

いい音だ。ピアノの音と声とのバランスがいい。マイクなしで歌うことにした。初めての経験。自然な音だ。黒い壁に向かって歌うのだが孤独感がない。後方はカウンターの中、背中にお客さんの目線を感じない。椅子は横に並んでいる。僕はぴったりくっつかれても全然平気。おじさんでなければ、ひざに乗ってもOK。

痛みと悲しみの音楽

すごい演奏者はいるものだ。二〇一二年一月二十八日、西荻窪サンジャックでライブをした。バイオリンの喜多直毅さんとはこの日初めてお逢いし（音源と歌詞カードは前もって郵送しておいたが）、十七曲を一時間ほどリハーサルした。「よろしくお願いします」のあと、会話は要点のみ。「何かやりづらいところありましたか」「いえ、別に。ただ〈I LOVE HONZI〉だけ、自分は参加しない方がいいんじゃないかな……」「えっ？ そうですか。ま、自由ですから、どちらでもいいですけど。では、弾きたくなったら弾いて下さい」「はい」「全曲をフルでやっていくと時間がなくなってしまうので、途中飛ばしてもいい箇所があったら言って下さい」「はい」のそれだけ。

早めにリハが終わると、喜多さんは「じゃ、ちょっと失礼します」と言って消えてしまった。サンジャックの店長平林さんに「もしかして、喜多さん機嫌悪いですか?」と尋ねると、「いや、そんなことないですよ。いつも、ああいう感じで、今日はいい方じゃないかな」と言う。アコーディオンの熊坂るつこさんは笑っている。

いざ本番。音が意外なところから入ってくる。はっとする。予定調和ではない。だからといって、作為的なものは感じられない。ごく自然なのだ。悲しい曲なのに顔がほころんでしまう。

心構え

平野甲賀さんの奥様、公子さんの経営するスタジオイワトにてソロライブをしたのは二〇一二年二月四日のこと。古いビルの一階を改装して作られたスペース。土日は周りの会社が休みなので、音の苦情はないそうだ。グランドピアノのふたは広げず、歌声はマイクでほんの少し拾うだけ（天井の四隅にＢＯＳＥの小さなスピーカーがある）。ほぼ、生声に近い形である。

開場時間前に、早めにいらした方を、公子さんは、「寒いでしょうから」と中に招く。リハーサルをしている姿が丸見え丸聴こえ。僕は本番よりリハに強い。数人誰かが聴いていると思うと、俄然、うまく歌える。肩の力が抜けている分、優しくも強くも歌える。そのかわり、本番は緊張、肩に力が入り、力み、一本調子になってしまう傾向がある。

そうならぬよう、身体をほぐしたり、心を下腹（丹田）に沈め小さくし、そこから宇宙を見つめるなんてことをしてみたり、ワインを一杯飲んだりするわけだけど、どうしても本番は平常心になれない。心配性。気が小さい。失敗してしまうのではないかと悪い方向へ考えてしまう。つまりは自信がないからだ。だからたまに、お褒めの言葉をいただくと、元気百倍になる。人は褒められて育ってゆく。不安をぬぐい去れない時は、自惚れていいのだ。いい言葉を見つけた。

「ステージに上がったとき、自分が一番上手いと思え。ステージを降りているとき、自分は一番下手だと思え」（エリック・クラプトン）

一人ブッキング

二〇一二年一月から、事務所を離れ一人でブッキングするようになった。最初に悩んだのが、スケジュールの組み方で、同じ地域で日にちが近すぎるとまずいだろうし、かといって開けていくと、月に一回しかライブができなくなってしまう。僕としては、東京だけではなく、なるべく地方にたくさん歌いに行きたいのだが、行き慣れていないため、どこのライブハウスに声をかけて良いかがわからない。また、ギター一本で歌うスタイルではないから、会場も限られてくる。

良さそうなお店に電話をして仮にOKをもらっても、「小屋をお貸しします」式では、僕の名だけでは絶対お客さんは集まらない。お店の人が「ぜひ来てください。集客頑張ります」というところでないと駄目なのだ。互いに惚れ合わなければ成立しない。恋愛と同じだ。

歌いに行って、逆に、お金をライブハウス側に取られてしまったという話を音楽仲間のふたりから聞いたことがある。どちらも名の知れた方だ。お呼びがかかったからといって、何の疑いもなく歌いに行くと、お客さんは競演者の身内だけであったりして、楽器使用料を取られてしまったというわけだ。

出演料はどういう形なのかを前もって確認しなかったからだ。どうして訊かなかったかというと、お金のことを持ち出すのは、いやしいことのように思えるからだ。ものを買う時なら、いくらですか？　と訊けるのに、ものでないものに対して、お金のことは切り出しづらい。もしかすると、相手側も言い出しづらいのかも知れない。自分に値段を付けられるというのは、高い場合は嬉しいものだが、たまたま、他の人の金額を知っていて、自分が安く付けられると、がっくり来るものである。

前に、遠藤ミチロウさんとお話した時、ミチロウさんは「出演料を提示されるより、チャージバック制の方がいいな」と言っていた。チャージバックのパーセントは店によってまちまちだ。音楽人口は多いけれど、音楽で食べていけている人はほんの一握りである。どうしたら、お店も潤い、出演者も潤い、お客さんにも満足してもらえるだろうか。

旧グッゲンハイム邸

小雨降る中、持参してきたビニール合羽を羽織り、二〇一二年十一月十一日、神戸市塩屋の旧グッゲンハイム邸へ向かった。道すがら、ワンちゃんと出合う。柴犬を見ると、僕はチャコを思い出し、柴犬特有の歩き方に見とれ「可愛いねー」って話しかけてしまう。「雨が小降りになったので、おしっこしようねって出てきたんですよ」「おいくつですか?」「十三歳」「わー、うちの犬は十六歳で死んだの。頑張ってね」。

旧グッゲンハイム邸ではご主人の森本アリさんが迎えてくれた。あれ? いつものピアノと違う。「いいでしょ」とご機嫌なアリさん。これまでのピアノをオーバーホールに出したら、調律とピアノ販売の会社アトリエピアノピアから、代わりに別なピアノが届いたのだという。つまり、今回は展示販売中のものを使わせてもらうことになった。一九〇五年製造フランスプレイエル製、八十五鍵二百五十万円。譜面立てを立てると、「PLEYEL」と彫られている。

音は「どうだ！」という音ではない。控え目で、うっとりする音だ。なんて気持ち良いのだろう。自分の心と一体になれそうな音だ。そんなに強く弾いちゃだめよ、そうそうその感じ、と会話を交わしているような気がしてくる。ピアノを弾いて初めてピアノが女性に思えてきた。恋するピアノだ。

一曲目を歌い出すと、ちょうど僕の目線に微笑んでいる女性がいる。知り合いではないのだが、どこかで逢ったことがあるような、それとも、逢いたかった人なのだろうか、なつかしい感じの、そんな錯覚に陥る色っぽい笑顔だ。隣りには彼氏がいる。彼氏とも目があったのだが、彼氏はほとんど下を向いて聴いている。みんなの目線も優しくて、悲しい歌だって、悲壮感だけを表現するのではなく歌うことができたような気がする。人生は楽しむことが正しい。

くせ

人は何かしら、くせを持っている。口癖、しぐさ、顔つき。こだわり、偏ったものの考え方、曲げない思想。それを魅力的に感じるか、嫌悪を感じるかだ。たぶん僕は多くのくせを持っていると（自分では決してそう思っていないけれど）、人からは思われているだろうから、そんな僕から言われたくはないと思うが、くせは、極力ない方がいい。

くせのない人が僕は好きだ。普通な人がいい。音楽もそうだ。たくらみのある音楽より、前衛っぽい音楽より、わけのわからない音楽より、わざとらしい音楽より、普通の音楽がいい。普通なんだけど、実はすごい音楽がいい。普通なんだけど、Hな女性がいい。

渋谷クラブクアトロの上田健二郎さんの企画で、ミュージシャン百々和宏さんと初めてお逢いしてそんなことを感じた。挨拶を交わし、歌を聴き、ＭＣを聴き、あー、自然体でいいなと思った。きどったところがない。かっこつけたところがない。素直なのだ。だから、かっこよくて、みんなから好かれているのだなと思った。

色っぽさ

本屋時代、原マスミさんの「♪東京中でいちばん可愛い君」〈天使にそっくり〉をBGMでかけていたことがある。いい歌だなと思った。真似て歌おうとしたが、リズムが難しく僕には手に負えなかった。それでも時々口ずさんでは、こういう歌が作れたらなと思っていた。

二〇一三年三月十六日、原さんのお誘いでジョイントライブを南青山マンダラでさせてもらった。妙な緊張感があった。歌い終わって、客席で原さんの歌を聴かせてもらった。なんと、見渡す限り、女性客が多いことにびっくりした。原さんは歌いながら、拍子を取るために、頭をカクンカクンと後ろにそらす。それが色っぽい。

「♪みんなが君のことちょっとおかしいって言うけれど　僕は構わない　君のためにくたびれて　もし亡びても　ずっと二人で一緒に居よう　冬の動物のように　ぴったり寄り添って　さぁ君のスカートの中に　僕をくるんで　抱きしめておくれよ」〈血

と皿〉）。

セッションの時、原さんは「ここは一緒に歌いましょうね」みたいな合図を僕に送る。その目つきが（原さんは意識していないだろうけれど）まるで恋人同士のようなのだ。照れてしまった。

青い月

神保町試聴室でソロライブ。久しぶりに新曲ができた。長い間できなかったのではっとした。「今までとは違う曲を作りたい」「前作を超えなければ作る意味はないではないか」と力んだり自惚れたりしなければ、これからも生まれてくるかも知れない。僕は言葉を知らないし、詩的センスもないから、詞が完成するまでに、ずいぶん時間がかかる。たとえば、二番の歌詞は、最初「ミツバチが蜜を吸うよう」だった。突然、ミツバチが出てくるのもおかしいかなと思ったので、何度も歌いながら、あてはまる言葉を探し、「花びらの蜜を吸うよう」になった。「甘く激しく」より「甘く妖しく」の方がいやらしいかななんて思いながら。いかに、いやらしいことをキレイに歌うかが僕のテーマだ。

青い月

言い訳を言わなくても
わかりあえる仲だったらいいな
一粒のピーナッツのよう
微笑ましく抱きあえたらいいな

美しいものはひとつだけ
生きがいは愛しあうことだけ
花びらの蜜を吸うよう
甘く妖しく抱きあえたらいいな

あー君が好きだよ
あー君の名を叫ぶ
青い月　萌えている

逢うために生まれてきた
探し求めていた仲だったらいいな
一組の知恵の輪のよう
離れずに抱きあえたらいいな

あー君が好きだよ
あー君の名を叫ぶ
青い月　萌えている

山本精一さん

二〇一三年八月三十日、ミュージシャン山本精一さんと梅田シャングリ・ラでツーマンライブ。シャングリ・ラのアップライトピアノは背が低いから下手に置いても客席から顔が見える。上手に置き背中を向けて壁に向けて歌うよりはこの方がいい。

本番前に山本さんとお話をした。なにしろ今までちゃんと喋ったことがない。「山本さんは、いろんな方と演奏しているでしょ。交友関係が広いですね」「いやー、僕は友だちいませんから。終わったら、すぐ帰って、打ち上げもなし」「あー、僕も最近、打ち上げしないです。よっぽど楽しいことでも起きないと、意味ないですものね」

「山本さんは、歌の合間に喋る方ですか？」「いや、全然喋りません。歌の題名すら言わない」「わー、僕も昔そうだった。最近は、題名ぐらいは言うようになったけど」「名古屋得三はトイレが舞台のそでにあるでしょ。だから演奏中にそこを行ったり来たりしている人がいると気が散って、だから演奏中はトイレ禁止にしたことありますよ」「わーすごい。たしかに、演奏中、物音や人の動きがあると気が散りますよね。神経質なところ、似ていますね。でも僕は神経質でわがままなんだけど、実は我慢してしまうところもあって。たとえば、怒るべき人に怒らなかったり、優しくするべき人に優しくしなかったことがある。人生をやり直すことができればそこかな」

翌日は代官山UNIT。僕は初めての場所だ。普段、クラブ（平坦なアクセント）といって、フロアーで踊るところらしい。音響の方と雑談。「踊るって、僕の若いころは、男女が抱き合って踊るチークダンスというのがあったんだけど、今もそういうのありますか？」「いやー、そういうのは見かけないですね」「えっ？　じゃ、どういう踊りなんだろう。名前がありますか？　昔だったら、ツイストとか、モンキーダンスとか、ドドンパ、ゴーゴーとか」。初めて聞く言葉で驚いたかも知れない。「いや、特に名称はないです。みんな好き勝手に踊るだけで」

ステージにピアノがないので、この日のためにグランドピアノを入れてくれた。地下二階まで搬入し、調律、そして終われば撤去。すごい金額のはずである。採算を度外視している。百十席の椅子も普段は置いていないから、レンタルしたそうだ。僕はUNITの方と知り合いでもない。当日まで会ったこともない。電話もメールでも挨拶を交わしていない。僕は失礼な男だ。ところが、入り時間に着いて挨拶をすると、スタッフの方たちは実にさわやか、テキパキと仕事をこなす人たちばかりであった。音楽への愛情以外に何があろう。

山本精一さんと競演することになったきっかけは、二〇一二年十一月十二日のこと。名古屋得三で僕がソロライブをやった時、オーナーの森田裕さんから「早川さん、若いお客さんが付いている人と競演しなくちゃだめだよ。山本精一さんどうかな。うん。九月一日決定ね」と言われ、その場で決まってしまった。

東京大阪もと思い、山本さんにメールで相談をしてみた。ところがなかなか返事が来ない。「まずいこと言ってしまったかな」と心配していた数週間後、山本さんから電話が入った。「東京も大阪もライブハウス押さえましたから」「えっ、そんな大きなところでやるんですか？　僕はふだん三十人とか五十人ぐらいのところでやっていて、そんなに入りますかね」「僕と早川さんとだったら絶対入ります。ただし、チラシは作ります。安く作ってくれる友だちがいるので。名前をバーンと描いただけの。それだけで十分ですから」と嬉しい返事だった。

山本さんは大阪難波ベアーズのオーナー兼店長を二十七年ぐらいやっていたことがあるから、どうすれば、お客さんに情報が伝わるか、どうすれば、効果的な宣伝が出来るかのノウハウを知っている。山本さんは京都に住まれているのだが、僕と佐久間正英さんが京都で何回もライブをしていたことを一度も知らなかったという。これにはびっくりした。僕は自分のHPで告知し、それでもお客さんが来ない場合は、自分のせいであり、しかたがないとあきらめていたが、届いていないのだ。僕のHPを常にチェックしている人はほんのわずかだ。「早川さんの音楽を好きそうな人は、京都なら磔磔かアバンギルドあたり。東京なら、会場は代官山でも、チラシを置く場所は高円寺です」と言う。

二十年ほど前、京大西部講堂でご一緒させてもらったソウル・フラワー・ユニオンの中川敬さんからも指摘されたことがある。「早川さん、若い人に聴いてもらわなくちゃだめだよ」。一番感受性の強い時期に受けた衝撃、感動は一生忘れられないからだ。僕の経験からも言うと、十代後半から二十代前半にかけて衝撃を受けた音楽、本からの影響は、その後のものの考え方、感性の基本となっている。いかにその時期が大切かだ。

九月一日、得三ライブ終了後、乾杯した。三日間で各会場にたくさんの方たちが参加したライブ経験は僕にはない。森田さんと山本さんのおかげだ。「早川さんの歌、もっと若い人たちにも聴いてもらえたら広まると思うんだけどな」と山本さんが言ってくれる。

やがて、音楽以外の話。もの静かな山本さんもHだったので安心した。共通点が多い。恥ずかしがり屋、神経質、持っているカメラも同じGRだ。山本さんは「僕は異常ですから」とステージ上でも話していたが、異常者と名乗る人が異常者であるはずはない。でも、山本さんと僕はほんの少し異常かも知れない。

つまらない歌を歌う人は、たぶん、性もつまらない。ステキな歌を歌っている人は、性もステキだ。上っ面の話ではない。性と同じように、一番深いところが色っぽいか、美しいかである。もちろんセックスはセックスだけではなく、一緒にいて楽しいか、歓び、悲しみを共有できるかだ。

人生は思い通りに行かない。でも思い通りに行かなかったことがかえって良かったと思える時がやがて来るだろう。孤独を噛みしめる時間も大切である。田辺聖子の「人は何のために生きるか？　ということを私はいつも考えている。私は人生を楽しむために生きるのだ、と思っている。そして私の場合、楽しむことは人を愛すること、人に愛されること、にほかならぬのである」の言葉通り、好き同士の人と巡り会えるよう、自分を磨いて行くしかない。

露出したかった

十二月十四日、神保町試聴室でソロライブ。どの曲だったか忘れたが、久しぶりに、歌い終わった時、男の声で「よしお!」って掛け声がかかった。女の子から「よしお」って甘えられるのと同じくらい僕は嬉しかった。わかり合えたんだ、と思う。ソロは心細い。露出度が違う。しかし、人前で歌うなんていう行為は、もともと露出したかったのだから、隠したり、ごまかしてはいけない。ありのままの自分を観てもらうしかない。美しいか汚いかは、ちゃんとお客さんが判断してくれる。

仲良しの秘訣

ちくま文庫の企画で二〇一四年一月二十八日、中川五郎さんとDOMMUNEに出演した。五郎ちゃんとは、二十歳の頃からの知り合いで、どうしてるかな、逢いたいなと思えるくらいの距離関係を常に保っている。ただし、人はそれぞれ違う。ものの考え方、生き方、歌うテーマも微妙に違う。でも、そんなのは関係ない。顔を合わせれば笑い合える。

「新曲が出来るのと恋人が出来るのとどっちがいい?」と訊けば、「そんなの恋人に決まってるじゃないか」と五郎ちゃんは答える。正直な五郎ちゃんが僕は好きだ。何よりも大切なのは、いつだって自由であること。ゆえに人の自由も尊重することを知っているからだ。これさえつかめば、ずっと仲良しでいられる。

官能的

川上未映子さんがまだ作家デューしていない頃、未映子さんのステージには必ずチエロの坂本弘道さんがいらした。そのため、会場や楽屋で坂本さんとは幾度かお逢いする機会はあったのだが、ふたりともシャイなため、挨拶もうやむやで、お話したことはあまりなかった。三月一日、入谷なってるハウスで共演が叶えられたのは、企画してくれたやんてらさんこと寺島崇徳さんのおかげである。

人とうまく行くかどうかは、ほんの一言言葉を交わすだけでだいたいわかるように、音楽も一音聴けば、うまく行くかどうかはすぐわかってしまう。坂本さんには事前にコード譜と音源（YouTube映像）をメールでお渡ししただけで、リハーサルは当日のみ。坂本さんはのこぎりも使うし火花も散らすから、一見奇抜な方に見えるが、実に官能的で美しいメロディを奏でる人であった。

やんてらさんはライブが好きで月に二十本ぐらい聴きに行くらしい。この人とこの人を組み合わせたら面白いのではないかと、自分でもライブを企画する。やんてらさんファンの方もたくさんいらして、今回は予約受付日からすぐに予約満了になってしまったらしい。

終演後、やんてらさんが熊坂るつこさんと僕を（自分は別方向なのに）自宅まで送ってくれた。優しい方だ。車中、「やんてらさんはどういう女性が好きなんですか？」と訊くと、「振り回してくれる女性がいいです。理不尽なくらい」「えー？　じゃ、デイトの約束してすっぽかされても平気なんだ」「えー、まあ」「ワー」「足蹴にする人？」「いやー、そこまでは。でも、悪くはないです」「キャー」「絶対出会えますよ。募集しましょうよ。S女性求む」

本当のことしか伝わらない

体調を崩した。妙な言い方かも知れないが、僕の場合、5ぐらいしか力がないのに、10出そうとしているから、身体に無理がかかってしまうのかも知れない。古傷が痛むように、疲れがそこに出る。いや、やはり、体質なのだろうか。奥歯が痛くなった。CTスキャンを撮ってもらったら、やはり、昔、患った副鼻腔炎のせいで術後性上顎囊胞であった。スケジュールの合間をぬって、いつか手術をするしかないようだ。命に関わることではないし、全身麻酔だから痛くはないはずだが、昔、局所麻酔で受けた手術の恐怖が忘れられなくて、憂鬱な日々を送っている。

三月二十五日、JOJO広重さんの企画で白波多カミンさんのライブに、村岸カンナさんと僕も呼ばれ渋谷アップリンクでライブだ。午前中にカミンちゃんから、「きょうはよろしくお願いします！　早川さんといっしょにまた猫のミータンとからっぽの世界を歌いたいのですが、どうですかー?☆」というメールが入ったので、「はーい。わかりました。了解です。よろしくお願いしまーす」と答えた。

出番前、カミンちゃんと少しお話をしたところ、カミンちゃんは「悩みもない、嫌なことがあってもすぐ忘れちゃう。大丈夫だよ、どうせみんな死ぬのだから」という明るさであった。「大丈夫」という言葉は人を元気にさせる。母親もよく僕が不安がると、「なるようにしかならないから」が口癖だった。お医者さんも「病名」を告げるだけでなく、「安心感」を与えてくれたらいいのになと思う。

「♪しょうゆ味　しょうゆ味のラーメン食べよう　一乗寺でまた一緒に」とカミンちゃんは歌う。曲を終えるとぺこりと頭を下げる。日常とステージが変わらず自然体だ。考えてみれば、誰だって自然体である。それしか出来ないのである。どう転んでも、（自分の）本当のことしか伝えられないし、（その人の）本当のことしか伝わってこない。自分のレベルでしかものを知ることは出来ないし、自分のレベル以上のことは出来ない。

好きなタイプ

「どのような女性が好きですか?」と問われたら、「どういう音楽が好きですか」と同じ答えだ。「どんな音楽が好きですか?」と問われたら、「死ぬ時にも聴ける音楽」と答える。ほど遠いけれどそれを目指したい。

好きな音楽

全身で歌っている。全身で演奏している。うまい下手ではなく、全身が音楽になっている。独特の世界を持っている。その世界に連れて行かれる。描写がわかる。風景が浮かぶ。伝えようとしていることが伝わってくる。歌よりも歌っている人間が伝わってくる。歌っている人のことよりも自分が見えてくる。聴いている人が主人公に入れ替わる。痛い。泣けて来る。そうだよなと思う。今のままでいいのかなと思う。許してもらえる。心地よいリズム。適正な音量。間《ま》がある。間が語っている。優しさがある。聴いたことあるようなメロディなんだけど、よくある手ではない。澄んでいる。透き通っている。元気になってくる。自分も歌いたくなる。

必要性のある言葉と音で構成されている。歌いたいことがないなら歌わない。技術に走らない。うまさを見せつけるのは、下手さを見せつけるのと同じ。ＭＣが面白い。

主義主張を押しつけない。個性は隠すもので、それでもはみ出てしまうものが個性。びっくりさせよう、あっと言わせようという作為を持たず、中身でハッとさせる。熱演のふりをしない。息を吸ってから音を出す。「身体を通してからアンプに送り出す」（佐久間正英）。「むずかしいことをやさしく、やさしいことをふかく表現する」（井上ひさし）。「俺だけにしか分からない、と思わせる作品を目指す」（吉本隆明）。一人なら一人の良さ。二人なら二倍の良さ。三人なら三倍の集客がある音楽。

ラブ・ゼネレーション一九九四年

歌をやめた時、僕はいつか、たとえば五十か六十歳で、また歌を歌いたいと漠然と思っていた。そうしなければ自分が終わらない気がしたのである。歌いたいことがあるから歌う。歌いたいことがないなら歌わない。それが歌っていることなのだ。声を出さなくとも歌は歌える。僕は歌わなかった二十数年間、実は眠っていたのではなくて「歌っていたんだね」と思われるように今歌いたい。

音が出る一歩手前の沈黙。音を出す一歩手前の息づかい。それが美しいかどうかですべてが決まる。音楽は音でもない、言葉でもない。沈黙なのだ。

言葉をどこに届けるか。音をどこに届けるか。その距離がわかっていなければ、歌は歌えない。

声が聴こえてくるだけではいけない。顔や体や足が見えてきてはじめて歌になる。音が鳴っているだけではいけない。色や形や風景が見えてきてはじめて音楽になる。

音を記録するのではない。空気を記録するのだ。加工しなくていい。何かをいじると、必ず何かがゆがむ。

その音が本当に必要なのか。その音が本当に聴こえてくるのか。作為があってはいけない。きどったところから、くさりはじめる。

伝えたいものがないと、えらく引いてしまうかでしゃばるかどっちかだ。

音はその人自身であるゆえ、こういう音を出してくれって頼むすじあいのものではない。人を選んだ時点で音は決まってしまう。

音で通じあえる人とは、言葉でも通じあえる。言葉で通じあえない人とは、結局、音でも通じあえない。

人をバカにして優越感を味わうな。劣等感が丸見えだぜ。

なぜそこを離れるか答えは簡単だ。得るものより失うものの方が多いからである。

考え方や生き方を押しつけてはいけない。そんなにステキならば嫉妬させてほしい。

第一印象が正しい。あなたの第一印象が正しい。

作品と作者は同じである。

共に歌うのではない。互いに歌うのだ。

類は友を呼ぶ

吉井和哉さんと初めてお逢いしたのは五年ほど前だろうか。吉井さんのテレビ番組にゲスト出演した時だった。収録はスタジオではなく、なぜか下北沢であった。そこは、狭い急な階段を上って扉を開けると、いかにもという感じの小さなバーであった。壁には古い映画や演劇のポスターがべたべたと貼ってあり、壁にはマッチ箱がびっしりと並んであった。一番びっくりしたのは、カウンターの中央にろうそくの山があった。たぶん、毎晩そこに火が灯るのだろう。ろうが垂れて五十センチぐらいの円錐状になっている。

吉井さんの趣味なのかなと思って「この店へはよく来られるんですか」と訊いてみた。すると「いや、いや、早川さんがいつも来ているのかなと思って」と言われてしまった。真相は、ふたりに似合いそうな場所ということで担当者が探して来てくれたらしい。「誤解される人ほど美しい」(岡本太郎)という言葉もあるくらいだからまあいいか。

スローバラードの情景

〈スローバラード〉を初めて聴いた時、「ああ、負けた」と思った。もちろん、音楽はたましいの問題だから、勝ち負けなどあるはずはないのだが。

当時、僕は本屋をやっていて、いっさい音楽を聴かない時期でもあった。かつて、ほんの少しの間、歌を歌い、途中でやめてしまったという気持ち悪さと悔しさみたいなものがあって、二十年近く素直に音楽が聴けなかったのだ。

しかし、恋しくなったのだろう。しーんと静まりかえった本屋のＢＧＭとして、僕はまるで冬眠から覚めるように、少しずつ音楽を聴くようになっていった。といっても、すべての音楽が好きなのではない。好きゆえに嫌いなものの方が多い。うるさくなくて、甘ったるくないのがいい。そんな中で、時々、かけたのが「♪市営グランドの駐車場」と歌う〈スローバラード〉だった。

のちに、〈世界中の人に自慢したいよ〉を耳にした時も、「いいな」と思った。「♪

たとえ空が落ちて来ても」のところでは、本当に空が落ちて来るようであった。本物か偽物かの違いは、情景が見えてくるかどうかではないだろうか。

仲井戸麗市の〈My R&R〉を聴いた時も、「すごい」と思った。僕たちは、ビートルズを知りたくてビートルズを聴いたのではない。自分が何者なのかを知るために音楽を聴いたり創ったりしているのだという思想がまさにロックだった。

もしも、生まれ変わることが出来るなら、僕は忌野清志郎の声と、アル・パチーノよりも男前の仲井戸麗市の顔になりたいと思っている。

音楽には感動というジャンルしかない

音楽を聴いて初めてじんと来たのは中学生の時、日劇「ウェスタン・カーニバル」でした。尾藤イサオが足を痙攣させて歌っている姿に色気を感じました。そのうちビートルズがラジオから流れて来て、愕然としました。今まで聴いていた音楽とはまったく違う音楽だったからです。心の叫びでした。

その後も僕はビートルズだけで他はあまり聴いていません。しかしそのビートルズも実はくわしくないんです。曲名も知らない。解散理由も知らない。くわしいということがなんか恥ずかしいんです。わからなくてもいい。知っていることよりも知らないでいることの方が何かを生み出せるような気がするんです。

ビートルズを知りたくてビートルズを聴いたわけではない。僕は僕を知りたくて音楽を聴いたり、本を読んだり、恋をしたり、人と話したりしているんです。

ビートルズの曲は歌い出しが好きです。もったいぶったイントロがない。待ちきれないで歌う感じです。途中で拍子が変わるのも好きです。意外な展開なのに奇をてらっていない。新しいのに懐かしい。「いいものはどこにでも収まる」という僕の勝手な格言通り、ビートルズの曲は、どんな場所においても、ＢＧＭになり得る。僕もそういう曲を作りたいのだが出来ない。えらい違いです。

一九六八年、僕は二十歳でした。当時僕は「フォークは希望を歌い、ロックは欲望を歌い、歌謡曲は絶望を歌う」などと発言してきました。しかし、そんなことはどうでもいいんです。そんなジャンル分けは人間を色分けするのと同じで、便宜上そう分けているだけです。感動するかしないか、音楽か音楽でないかの違いだけです。

ロックが一流で歌謡曲が五流というわけではありません。ロックの中に一流と五流があり、歌謡曲の中に一流と五流があるのです。あなたが一流で私が五流なのではない。あなたの中に一流と五流があり、私の中に一流と五流があるのです。

こうも言える。神様はまさか「私が神様です」とは言わない。美人も詐欺師も自分からは名乗らない。おそらく本当にロックをやっている人は「俺はロックミュージシャンだ」とは言わないでしょう。

（『Rock In Golden Age』Vol.23　2006. 9. 1）

北村早樹子の歌

僕の耳に狂いはなかった。

二〇〇五年十一月、名前も知らない、ましてや面識などまったくない北村早樹子さんというミュージシャンから、彼女のデビューアルバム《聴心器》のサンプル音源が届いたとき、最初は「?」と思ったが、すぐ惹きこまれていった。生意気な言い方だが、めったに好みの音楽に出合わない僕がである。ホームページに少し感想を書き、北村さんへ返事を出した。すると遠慮がちに「推薦文」の依頼があった。

ちょっと困った。いいと思うものは「いい」としか書きようがないからである。説明を加えるとどんどん嘘っぽくなってしまうからだ。「推薦文は逆効果もありうることをふまえて、自由にお使い下さい」と注意書きを添えて提出した。持ち上げもしない、ありのままの気持ちだ。

「心がざわつきました。張り詰めた緊張感。不安定な音と声。誰も真似はできない。

〈つくしんぼ〉〈やさしさ〉〈春の熱〉など何度聴いてもあきない。誰がなんといおうと好きです」と書いた。

二〇〇六年四月十三日、初台ドアーズで僕が企画を手伝ったイベントに北村さんにも出演してもらった。リハーサルで、まだリリースされていない新曲〈蜜のあはれ〉を初めて聴いた。普段おとなしくて、かよわそうで、人前で歌などとても歌えませんという雰囲気とは裏腹に、すごかった。ガーンと打ち下ろすピアノ、次の音を出すまでの異様な間《ま》、時に張り上げる声、本物であった。余計なものがいっさいない感受性だけの音楽であった。

四月三十日、渋谷青い部屋で行われた「《聴心器》発売記念パーティー東京篇」に出かけた。めったに人のライブには行かない（行けない）引きこもりの僕がだ。苦手なたばこの煙を浴びながら、北村さんが登場するまで長かったが、北村さんがピアノに指を落とした瞬間から世界が変わった。

身体に入ってくる音楽とそうでない音楽との違いは何なのだろう。いったい歌って何だろうと考えた。北村さんには作為がなかった。こうすれば受けるだろうとか、このように売ろうだとか、何々ぶってるとか、何々ふうだとか、そういう汚れがない。手垢がついていない。普通の女の子が一所懸命生きている、ささやかな悦びととてつもない悲しみが聴こえて来るだけだ。歌うしか道がない。歌わざるをえないから歌っているのだ。

共演のバイオリンとアコーディオン奏者、波多野敦子さんの音も美しかった。彼女もまた揺れながら心の底に降りてゆく。伝えたいことがない人やわかってない人に限って、一風変わったことをやりたがるものだが、そうでない人は、すでに普通の中に普通でないものを持っているから、普通にメロディーを弾くだけで、充分人の胸に普通でないものを伝えることができるのだ。

しかし、こんな文章は何の役にも立たない。しょせん言葉だからだ。北村さんの歌を聴いたことのない人は、もしかしてこれを読んで、「彼女の歌ってそうなのか」と思ってしまうかも知れない。しかし文字を信じてはいけない。

Aさんは Bさんを語ることは出来ない。Aさんは Bさんの鏡に映ったAさん自身の姿しか映し出せない。北村早樹子さんの歌を聴くと僕は自分の悲しみが見えてくるということを言いたかっただけなのだ。

銀杏BOYZを聴いて自分は何を歌いたくなったかが大切なのである。

◎銀杏BOYZのメンバーをご自身の印象でご説明ください。

峯田和伸さんの『恋と退屈』を読んで、なんて正直なんだろうと思った。男友だちとのフェラチオなど、本来なら内緒にしておきたいような話もまるで童話のように、純粋で切なくキレイに思えてくるから不思議だ。チン中村さんともお会いしたが抱きしめたくなるくらい感じの良い青年だった。うらやましい。

◎銀杏BOYZの音楽をご自身の印象でご説明ください。

歌はたましいだから、うまいとかへたとか、かっこいいとかかっこ悪いとかいう問題ではない。銀杏BOYZが何を歌ったかが大切なのではなく、銀杏BOYZを聴いて自分は何を歌いたくなったかが大切なのである。

◎一番好きな曲はなんですか？

〈夢で逢えたら〉〈夜王子と月の姫〉〈東京〉

◎今後銀杏ＢＯＹＺに期待されること。

変わらぬ低い目線と高い志。

（『GING NANG SHOCK!　ギンナン・ショック　下』2007. 6. 1）

ぼくの好きなもの　音楽

音楽は好きだけど、一番好きな「女の子」と同じく、好きゆえに嫌いなものがある。音楽なら何でも好きっていう人がいるけれど、そういう人がうらやましい。嫌いなものがなく何でも美味しくいただける方が人生楽しいに決まっている。自分も音を出しているのに、失礼極まりない話だが、ほとんどの音楽は、(自分の歌を含め) うるさい。ゆえに、いいなーと思える音楽と出合えた時は、本当に嬉しくなる。

「いい人がいい音を出す」「いや、そうとは限らない」という論争を佐久間正英さんとしたことがある。論争といっても、佐久間さんは仕事場でも私生活でも、生まれてこのかた、怒りの感情を持ったことがないというから、たぶん激論を交わしたこともないはずで(離婚を数回繰り返しているにもかかわらず!)、だから意見をぶつけ合うというよりも、ただの茶飲み話である。

「『文は人なり』って言うじゃない。きどった人はきどった文章を書くだろうし、わかってない人はわけのわからない文章を書く。やはり、『音も人なり』で汚い人は汚い音を出すんじゃないかな」「そうかなー？　でも性格が悪いのにいい音出す人いるよ」と指をさされた。これでも性格がいいようにずいぶんとわがままを抑えているつもりなのだけど。

「じゃ、佐久間さん。性格は悪いけど演奏が上手っていう人をスタジオで使う？」「使わない」「でしょ。僕は嫌だなと思ったら、その人の音楽聴かないもの。たまたま耳にしても、歌い方や顔つきやちょっとしたお喋りに、なんか嘘っぽさを感じて、すうーっと冷めちゃう。たとえいい歌を歌っていてもね。その人を好きになれなければ、いい歌に聴こえてこない。しかし、本当にいい歌を歌っていればね、あっこの人、実はいい人だったんだと思うけど。音楽はその人自身だから」「まあ、同じ意見なのだけどね」と佐久間さんは話を合わせてくれた。

そうは言ったものの、佐久間さんの言う通りかも知れない。性格が良ければいい歌を作れるわけではないし、性格が悪くても素晴らしい歌を作り、人を酔わせる声で歌える人はいるだろう。音楽に限らず、スポーツの世界でもそうだ。すごい記録を持っている人がいい性格だとは限らず、いい人が出世して、悪い人が出世しないわけでもない。

しかしそれでもなお、いい人がいい音を出し、嫌な人は嫌な音を出すはずだと思いたいのだ。心が歪んでいれば歪んだ歌しか作れないし、キレイな気持ちになれなければキレイな音は出せないのではないか。音を発する、言葉を発するということは、テクニックとは関係なく、隠しようもなく、本性が表れてしまうものだと思うのだ。

僕に才能はない。技術もない。ステージ度胸もない。昔も今も音楽で生活できたことは一度もない。これからもない。それは自慢でも皮肉でもない。ではどうして、人前で歌おうとしているのかと言えば、歌を中途半端でやめてしまった気持ち悪さと悔しさみたいなものがあったからだ。そして、歌わなければ、誰かとつながりを持っていなければ、自分は犯罪者になってしまいそうだからである。

歌を作ったことはあるのに、詞とメロディーをぴったり合わせるコツがいまだにわからない。歌が生まれる瞬間というのは、何か自分の能力以上のものが現れるような気がする。それがどこからやってくるのか、どうすれば呼び寄せることが出来るのか知らない。ゆえに職業作家にはなれないのだ。このように一見僕は謙遜しているふうだが、実は自惚れている。人間の心は恐ろしい。

数年前、ある歌を聴き「あれが音楽なら、僕のは音楽でなくていいや」と思ったことがある。すごい自惚れだ。ところがその歌はあっという間に大ヒットし、それも流行歌としてではなく、いわゆる名曲扱いで、みんなに親しまれ今も歌われている。音楽も人も多種多様、さまざまだ。

さまざまではあるけれど、僕はどういう音楽が心に響き、どういう音楽が心に響かないのか、その基準はいったい何なのかを知りたくてしょうがない。人に訊ねると「感じるか感じないか」「心で歌っているかいないか」「美しいか汚いか」だったが、一番多かったのは「それは言葉にできないな」だった。

スポーツのように、誰よりも早く走る、泳ぐ、記録を破る、点を取るという勝負の世界なら、数字がはっきり示してくれる。ところが音楽は、販売数が音楽の善し悪しと正比例するわけではない。もちろん、売れるものは売れる理由があり、売れないものは売れない理由があるのだが。歌はうまさで感動するわけでもない。心にジーンと来るか来ないかは、精神の問題であって、だからこそ、言葉にはならないのかも知れない。

僕は二十三歳から四十五歳まで本屋をやっていたのだが、「いらっしゃいませ、ありがとうございます」の世界に感動を求めていたわけではなかった。ところが閉店の日に、お客さんから思いがけぬほど惜しまれ、お客さんと作り上げて来た棚の本を見ながら涙が止まらなかった。ものの売り買いにも、何でもない日常生活にも、楽しかったことやつらかった思い出にも、目に見えないくらいの小さな感動が少しずつ積み重なっていたことを、僕はお客さんから学んだのだ。

ステージで歌ったり叫んだりするのが音楽なのではない。ささやかな日常にも、誰かが言ったほんの一言にも、優しい心遣い、本や映画の中のセリフ、溢れる涙、空や海や犬や猫や草木や夕焼けもすべてが音楽になりうるのではないだろうか。美しい人は自分が美しいとは気づいていないように、音楽をやっている側が音楽家なのではなく、感動する心を持った人が音楽家なのだ。

誰かと一緒に演奏する時、音に関する打ち合わせはほとんどしない。お互いが感じたままを出し合うだけだ。佐久間さんはプロデューサーという仕事をしていて、いくらでも注文をつけられる立場にいるのだが、こういう音を出してくれとはいっさい言わないそうだ。もちろん、そこはGではなくCですよといった単なる間違いなら指摘するだろうが、「感性は言って伝わるものではない」からだと言う。

説明などしなくても分かりあえるというのが理想だ。カメラや電化製品も説明書を読まずして、直感的に操作でき、手になじむのがよい道具である。人間関係においてもそうだ。いちいち説明をしなければ、誤解を生むような間柄では、さびしい。犬や猫は愛という言葉を知らないのに、愛情だけで寄り添って生きている。そんな関係でいられたらと思う。

激しければいいっていうものではない。音量で勝負もおかしい。思いっきり叫ぶとか、狂ったように歌うのは案外と簡単なことだ。ぼそぼそとわざと素朴に歌うのも、芝居がかって歌うのも、恥ずかしくなければ、おそらく簡単だろう。前衛的でありたいとか、変わったことをしようとか、凝り過ぎや細工はすればするほど音楽から遠のいてゆく。文章の書き方と同じで、むずかしいことを易しく書くのがいい。いい役者ほど演技していることを感じさせない。いかにも歌っています、いかにも演奏していますでは駄目なのだ。

音楽の知り合いは僕は極端に少ないのだが、非常に恵まれている。サックスの梅津和時さん、バイオリンのＨＯＮＺＩ、ギターの佐久間正英さん、アコーディオンの熊坂るつこさん、みんな僕の歌を、生かしてくれる。いい音は呼吸をしているから生きている。身体の中を通って来るから濡れている。いい音楽は、自分は何者なのか、何のために生まれて来たのか、どう生きて行ったらよいのかを映し出す。歌を歌うということは声を出すことではない。楽器を奏でるということは音を鳴らすことではない。内臓を見せるのだ。悲しくて色っぽくなきゃ音楽じゃない。

歌の定義

音は頭から生まれてこない。言葉も頭から生まれてこない。

無駄な音をなくせ。無駄な言葉をなくせ。どうでもいいことにエネルギーを燃やすな。

言葉はいらない。理屈もいらない。歌だけを聴きたい。

わかっていない人は、喋ってもわからない。わかっている人とは、喋る必要がない。

わかるということは直感である。勉強したってわかるものではない。わかるということは知ることではなく感じることである。

もちろん「わからない」という答えもある。

人生は「わからない」だらけでいい。

人に認められて初めて肩書きがつくのであって、自分で肩書きを名乗るものではない。

ジャズとロックとクラシックと歌謡曲とニューミュージックがあるのではない。じーんとくる歌と、じーんとこない歌があるだけだ。

歌を歌うということは、何も歌を歌うということではない。

話をしたり、笑ったり、怒ったり、ものを書いたり、悩んだり、子供を産んだり、走ったり、そうやって生きていくということすべてが歌を歌うということなのだと思う。どれだけステキな生き方ができるか。どれだけ人をじーんとさせることができるか。日常で歌が歌えれば、それに越したことはない。

言いそびれてしまったこと、本当のこと、心の底でくすぶっているもの、それが歌になればいい。

歌を作って歌うということはプロポーズと同じである。うまいへたは関係ない。自分の言葉と自分の音で表さない限り、説得力はない。

自分を語れ。作品で語れ。自分自身が作品なのだ。

一度信じたら信じとおせよ。

あなたはあなたの歌しか歌えない。僕も僕の歌しか歌えない。

歌を歌うのでない。言葉をかりて、メロディをかりて、自分を歌うのだ。

仮にどんな歌を歌っても、あなたの声で歌うならば、必ずあなた自身が浮かび上がる。

歌は言葉ではない。メロディでもない。声なのだ。息づかいなのだ。

声に出る。顔に出る。言葉に出る。音に出る。生き方や考え方がすべてに出る。

いい歌を聴きたいのではない。いい人に出会いたいのだ。

得ることによって強くなるのではない。捨てることによって強くなるのだ。

互いのよさを引き出せるかどうかで仲間が決まる。

いいと思わないなら近寄ってはいけない。いいと思わないなら作ってはいけない。

いいと思わないなら売ってはいけない。

言われた通りにやるっていうのもいいもんだ。くだらないプライドは捨てよ。守るべきものはもっと他にある。

「何を伝えたいのか」って質問されてしまうのは、歌に力がない証拠である。

うぬぼれが人を傷つけ、自分をも傷つける。

他人の醜さが見えてしまうのは、自分もそうだからである。

人と人との関係は、上下ではなく、距離である。

好きな人の前では本当のことを言おう。好きな人の前ではいっぱい恥をかこう。

いいものはどこにでも収まる。

歌は人を映す鏡である。

寝るときは犬になれ。猫になれ。

一回だけ、やりませんか。一回だけ、僕とやりませんか。一回だけ。もしも、お互いに気に入ったら、もう一回。また、もう一回。一回だけ。

すべての関係が一回きりなのだ。

サルビアの花

〈サルビアの花〉がヒットしたのは(といっても一塁打ぐらいだと思うが)、昔、もとまろという人たちが歌ってくれたおかげであった。しかし、その時すでに僕は歌をやめていて、その後、音楽の世界を離れていたから、どういういきさつだったのか、歌っている人の声も顔も知らなかった。いや、歌声は、どこからか流れてきたのを耳にした記憶はあるが、いずれにしろ、お会いしたことはなかった。

それが二〇〇三年の暮れ、松本圭子さんがライブを聴きに来てくれたのだ。それをアンケートで知った。「はじめまして。十八歳の頃、もとまろというグループを組んで〈サルビアの花〉を歌わせていただいていました。初めて生の本物のサルビアを聞いて頭をガーンとなぐられた様な気がしました」と書かれてあった。

僕はお礼が言いたくてすぐに葉書を出した。丁寧な返事が届いた。何でも、テレビの勝ち抜き歌合戦に出場して、〈サルビアの花〉を歌って優勝したのがきっかけだったらしい。「レコードを出して暫くして、『早川さんが怒っていらっしゃる』という話をどこからか聞かされ、私達三人も勝手に歌ってしまった事に心苦しい思いでした。いつかは早川さんにお詫びをしなければ……とずーっと思っていました」とあり、僕はあわてた。なにしろ、本屋を開く時に〈サルビアの花〉の印税が役に立ったからだ。お金のことだけではない。「何よりも多くの人に歌が伝わったことを感謝しています」ということを、三十数年経った今、やっと伝えることが出来た。

まったく、人のうわさだとか、誰かが誰かのことを、こうらしいよ、ああらしいよと言っているのは、いかに、いいかげんなものか、である。

そういえば、最近、昔の仲間と久しぶりに会った時もびっくりした。彼は音楽業界の人で、なおかつ、学年こそ違うけど同じ学校だった。もっとも僕は同窓会やクラス会に一度も出席したことはないが。その彼の第一声が「離婚したんだって」と言う。「えっ、してないよ」「あれ、二回ぐらい離婚したって、何人もから聞いたよ」と、真面目な顔で言うのだ。

どこから、そういう話が流れて来るのだろう。これも、いいかげんなものだ。そういえば、かつて《花のような一瞬》というアルバムを出した時も、音楽雑誌で取り上げてくれたのはいいが、その紹介文に「夫婦愛のなんとか……」と書かれてあったので、そうじゃないんだけどなー、と突っ込みたかった。
もちろん、どう受け取ろうが、どう思おうが、何を書こうが勝手ではある。いろんなふうに解釈されることは、かえって作者冥利かも知れない。僕も人のことを言う。たとえば、「スケベな五郎ちゃんが……」と書いたとする。しかし、それを読んで、ああ、五郎ちゃんてそういう人なのかと思ってはいけない。スケベなのは僕だ。

Aさんが Bさんのことを語っても、それは、Bさんのことではない。Aさんは気づかないかも知れないけれど、実は、Bさんという鏡に映ったAさん自身の姿なのだ。『ビートルズ入門』を読んでビートルズがわかるはずはないように、『フロイト入門』を読んでフロイトがわかった気になってはいけないように。新聞や雑誌やインターネットの中での書き込みもそうだ。褒め言葉も悪口もうのみにしてはいけない。批評も評論も評伝もインタビュー記事も追悼記もそれらはすべて、書かれた人のことではなく、書いた人の作品なのだ。
よく知っている分野については、「それは違う」と判断できるけれど、知らない分野については、つい「そうなのか」と信じがちだ。美味しいお店や温泉紹介もあてにならない場合がある。たとえば、あなたの一番身近にいる親や兄弟や友だちが、あなたについて何か語った時、本当に当たっているだろうか。ましてや、見知らぬ人があなたのことをわかるわけがない。自分でさえ自分をわからないのに。

このことについて、〈批評家は何を生み出しているのでしょうか〉という歌まで僕は作ってしまった。しかし、まだ言い足りなくて繰り返している。「知る者は言わず、言う者は知らず」という老子の言葉で十分なのに。

文学賞と音楽賞

どうしてポピュラー音楽は、文学の世界のように「作品」として扱われないのだろう。「商品」として売れるものだけが求められる。商売だから当たり前だが、それではあまりに音楽が寂しいではないか。

すでに古賀政男賞や服部良一賞はあるが、たとえば、桑田佳祐サザンオールスターズ大賞（ビクターエンターテイメント主催）や松任谷由実女流音楽賞（東芝ＥＭＩ主催）があっても不思議ではない。たくさんの文学賞があるように、音楽にもいろんな角度から様々な賞があった方が面白いのではないだろうか。

流行歌とはほど遠いかも知れないが、いい歌や才能のある作り手や、もっと脚光を浴びてもいい演奏者が埋もれている。それらにスポットをあてていくことが、音楽離れをくいとめ、質の向上にもつながると思うのだが。

もちろん賞をとったからといって素晴らしいとは限らないが、「数字」だけを重視する体質をいくらかでも変える方向に持っていくことが出来るような気がするのだ。そうなれば、レコード会社、音楽出版社、音楽家、とくに評論家諸氏の選考する側の音楽性も同時に問われる。

手始めに、高田渡賞なんかどうであろう。賞金は少なそうだけれど。

ジャックスについて

二〇〇八年九月初旬、EMIミュージック・ジャパンの加茂啓太郎さんから《ジャックス四十周年記念アルバム》を出したいという相談を受けた。僕は「申し訳ないですが、正直、熱意がありません。僕はいっさいタッチせず、加茂啓太郎責任編集みたいな形が理想です。よろしくお願いします」と返事を出した。

僕の気持ちは変わらない。「潔くないと思われてもかまわない。昔があったから今があるので過去を否定するつもりはないけれど、僕は過去ではなく今を生きているのであって、今の僕の歌声を聴いてもらえることが一番嬉しい。そこに力を注ぎたい。自惚れていると思われてもかまわない。大切なのは常に、今輝いているか輝いていないかどうかだけなのだ」（二〇〇八年九月二十三日の日記より）

ジャックスは僕が十八歳から二十一歳ぐらいまで歌っていたバンドだ。たまたま学校で知り合った仲間が気ままに音を出し合い、何かを目指そうとか、人より変わったことをしようなどと話し合ったわけではない。誰もが最初ギターを手にすれば、普通はコピーから始めるのだが、僕は技術的に無理だったので、自分で歌を作り始めた。そうすれば、その歌に関してだけは自分が一番うまく歌えるはずだと思ったからだ。

木田高介君はドラムといってもスネアーとシンバルだけ、水橋春夫君は触ったこともない借り物の十二弦ギター、ウッドベースの谷野ひとし氏もおそらく借り物だったのではないだろうか。それでも、四人が揃った翌日には、ラジオ番組に出演したりした。待ちきれないで歌った。それだけが取り柄だった。

練習は昼間、秋葉原の僕の家で雨戸を閉めきってやった。チューニングは唯一譜面が読める木田君が受け持ち（当時はチューニングメーターなどない）、絡まったコードも性格的に全然イライラしない木田君がほどいてくれた。水橋君はプロコルハルムの〈青い影〉をよく一人で弾いて歌っていた。上手だなと思った。自宅にファンクラブの一室を設け、友だちに手伝ってもらい会報を三号ぐらいまで作った。歌の持つ暗いイメージとは違い可愛い女子高生が時々遊びに来た。練習が終わると水橋君はさっと帰り、僕と木田君は新宿風月堂、谷野氏はジャズ喫茶に通っていたような気がする。

出演できる場所は極めて少なかった。グループサウンズではないし、フォークソングとも違うから、どの会場でも常に浮いていた。独自でジャックスショーを開いたのもそんな時期だ。第一回ヤマハライトミュージックコンテストで入賞し、タクトからシングル盤を出し、東芝からLPを出したが、録音を終えた段階で、ギターの水橋君は辞めて行った。

気が抜けてしまった三人は水橋君に代わるギター奏者を探したのだが、なかなか見つからない。途方に暮れていたころ、今考えると実におかしな話だが、ドラムの木田君がドラムの子を連れてきたのだ。「つのだ君の方が上手だから、自分はサックスやヴィブラフォンをやるよ」と言う。つのだひろさんには何の責任もないが、リードギターを弾ける人がいない妙な編成になってしまった。

ザ・フォーク・クルセダーズの紹介で高石事務所（のちの音楽舎、アート音楽出版、URCレコード）に所属した。そこは、ギター一本で会場を満員にできる関西フォークの人たちがたくさんいた。ところが、ドラムと電気楽器を使うバンドは僕らだけだったので、そういう体制ができていなかったため、たまに仕事があっても、出演料より楽器の運搬賃の方が高くつき、給料明細書はいつも赤字であった。

自然と仲間内から不満が噴出した。ほこさきは、アルバイトとして他人のバックバンドを務めることが出来なかった僕の能力にも向けられた。僕は「文句があるならやめましょう」と言った。一枚目の《ジャックスの世界》では録音後にメンバーが一人抜け、二枚目の《ジャックスの奇蹟》では録音前からすでに解散が決まっていた。誰が悪いのでもない。不完全燃焼だった。実に不幸なバンドだった。


人間が形成される一番多感な時期に、僕は誰と出会い、何に感動し、何にいらだち、何を考えてきたのか、自分の中で整理したい気持ちはあるのだが、ほとんどの出来事を忘れてしまった。ほんの少しの厭な場面が生々しく残っているからだろうか、記憶の蓋が全部開かないのだ。

資料を並べても心の底は見えてこない。誰が語っても真実とは限らない。うまく語れない部分に真実がある。何に重きを置き、どの角度から、誰の目から見るかによって全然違ってしまうからだ。音楽だけがすべてを物語っている。

解散後二年ほど、僕は制作の仕事に就いたが向いていないことを悟り、二十三歳から二十四年間本屋で働いた。音楽も聴かず楽器も触らず、昔のことはいっさい振り返らなかった。音楽を中途半端でやめてしまった気持ち悪さと悔しさみたいなものが入り混じっていた。達成感も満足感もない。もしも喋るとすれば言い訳しかなかった。早くおじいさんになりたかった。しかし、このまま歳をとり、いざ死ぬ時、自分の体はちゃんと燃えないのではないかと思った。骨以外のものが残ってしまうような気がした。もう一度最初から歌おう。今度こそ悔いの残らぬように歌いたいと思った。

過去を恥ずかしがらずにするためには、あれで良かったのだと思うためには、やり残したことをやらなければならない。あのころと僕は何も変わっていない。いったい僕は何を歌いたかったのだろう。沈黙していた数十年間、実は歌っていたんだと思えるように歌いたかった。

多くの人には受け入れられず、売れなくて解散した情けないバンドだったけれど、見抜いてくれた人はいた。佐久間正英さんは十五、六歳の時、お茶の水の日仏会館でのジャックスショーを観て「感動し身震いした」と言う。松村雄策さんはライブ会場から外に出たら「世界が違って見えるようにさえ思えた」と回想する。森雪之丞さんは「僕のクリトリスを刺激したわけです」という言葉を残してくれた。

それにしても、なぜ僕は過去の音源に対しこれほどまで嫌がるのだろう。昔の話をされると、まるで今の自分が否定されているように感じた。「昔のあなたは素晴らしかったねと言われても、あなただって嬉しくないでしょ」と憎まれ口までたたいた。

過去を引きずり、過去を断ち切れないでいたのは、僕の方だったのだろうか。昔の歌声は聴けないとか、厭な思い出があるとか、あれから四十年も経っているのに、もうどうでもいいじゃないか。もしもみっともない部分があるなら、笑い飛ばせばいいじゃないか。「元ジャックス」と紹介されてもかまわない。今の自分に確固たる自信が持てれば、過去がどんなに不完全で幼く醜く映ろうとも、気にならないはずだ。今輝いていれば、きっと過去だって輝いてくれるに違いない。

一九九七年、桑田佳祐さんから〈アメンボの歌〉をプレゼントされた。「愛」以外の何があろうか。しかし、僕は歌いこなせず一生借りを作ってしまった。何万人もの

ＧＬＡＹのコンサートを終えて駆けつけてくれる佐久間正英さん、がんの治療が苦しくても最後は僕につきあってくれたＨＯＮＺＩ。共演者はみんなそうだ。何のお返しも出来ない。

久しぶりに水橋春夫さんと笑いながら電話で話をした。中川五郎さんの解説を読んだ。あー、出すことにも意義があるのかなと思えてきた。松村雄策さんとも話した。加茂さんの誠意と熱意に、かたくなだった自分の気持ちがだんだんと和らいできた。心境の変化は、「これが今の僕です」と言えるアルバム《Ｉ ＬＯＶＥ ＨＯＮＺＩ》を出せたことも大きい。

松村さんの話によると、「自分も昔のアルバムは素直に聴けないんですよ。録音した当時の情景が思い出されてきてね」と言っていた。みんな暗い過去を持っているのだ。そして最後にこう語ってくれた。「今から四十年前ですよ。日本で初めてですよ。二十歳の若者が《ジャックスの世界》というオリジナルだけのロックアルバムを作ったのは。早川さんはへたっぴいと言うかも知れないけれど、誇りに思っていいことなんじゃないですか」と。

加茂さんにメールを出した。「先日は失礼しました。解説を読んだあと、あれから、水橋さんと喋ったり、松村さんと話したり、加茂さんの誠意と情熱に対し、だんだんと、ジャックスについて、自分のかたくなな気持ちがほぐれてきたような気がします。ジャックスについて、自分が思っていることを、少し前から書きだしました。自分のHPに載せるためです。まだ、下書き段階ですが、自分の気持ちがやっと整理できました。過去にこだわっているのは、自分だけではないかということに、気づきました。だからといって、表だって何かをやろうというわけではないですが」

加茂さんからご返事をいただいた。「早川様の気分を害してまでリリースする事の意味があるのだろうか？　と早川さんの音楽のファンである自分との葛藤が正直何回か芽生えたのですが、今回のお手紙いただき大変心が晴れました。本当にありがとうございます」

思い出したことがある。一枚目のアルバムを録音し終えた時、ギターの水橋君が辞めていったのは、単なるわがままではなかった。それまでの仕事はといえば、夏の真昼間、八王子サマーランドのプールサイドで、誰も聴いていないのに〈からっぽの世界〉を歌ったことや、大阪駅の階段をとてつもなく重いアンプとスピーカーを運んだことぐらいしか蘇ってこないのだ。水橋君にとっては、明るい未来は全然見えて来なかったのだろう。

大阪でのライブのあと、みすぼらしい旅館で、水橋君が「早川君、こんなことしていたって売れっこないよ。俺辞めたいよ」と言い出した。仲間は必死に引き止めた。「水橋君のギターは、水橋君しか弾けないんだから」と。すると、ふだんお酒を飲まない水橋君が「俺も飲むよ」と言って、ぶきっちょな僕らはさんざん自我をぶつけ合った。僕はそれが嬉しかった。〈ラブ・ゼネレーション〉の歌詞「♪泣きながら飲めない酒をかわすのだ」は、そこから生まれたのである。

第四章
間違いだらけの恋愛術

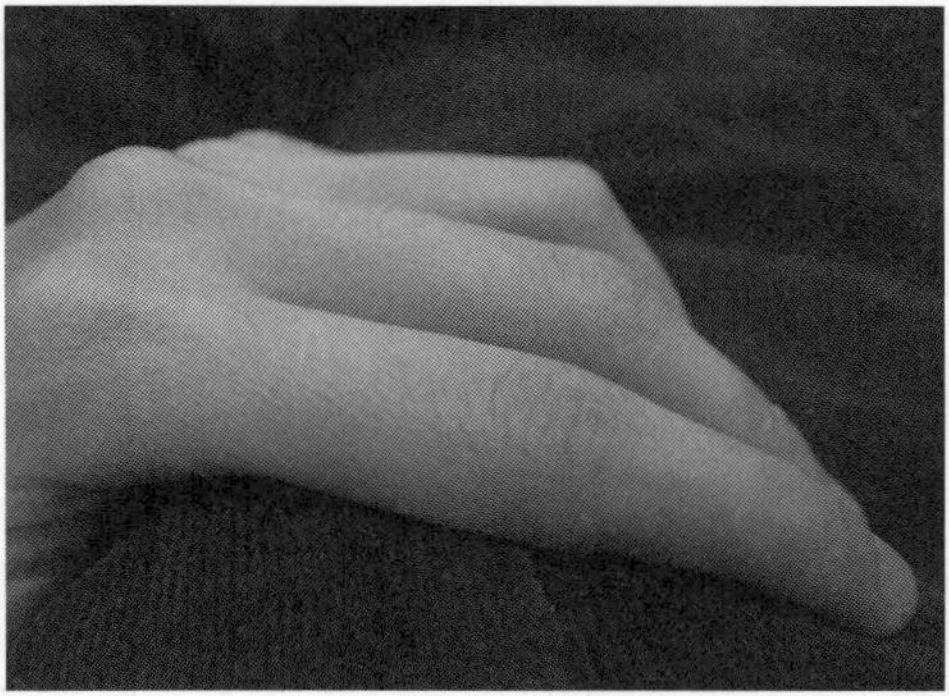

プール

彼女とプールに行った。彼女といっても彼女ではなく、彼女になってくれたらいいなーと思っている人だ。その彼女がふわりふわりと僕におんぶするような形で泳いでいる。僕はおそるおそる、でもしごく自然に彼女のお尻に手を添える。彼女は逃げない。おんぶしながら水の中を歩くのだが、いつのまにか水はくるぶしまで減っている。あまりキレイな水ではない。さっきまで、いろんな動物が泳いでいたからフンも混じっている。おんぶしながら「キスしたいな」と言うと（ダサイ）、彼女はうなずく。キスしたとたん、カチンカチンになる。中学生みたいにだ。触れさせようとすると、むしろ彼女が積極的になった。僕はホッとする。これまでの距離が一気に縮まったからだ。プールを出ようと更衣室から受付を見ると係員が睨んでいる。ふしだらなことをしたからだろうか。「睨んでいるわよ」と彼女が僕に言う。「平気だよ」と僕は答える。そこを通らなければ帰れない。靴をあずけている。受付に並ぶと睨んでいた男がやって来て、「ご注文の本はこちらでしょうか」と新聞の切抜きを見せる。『声に出して読みたい日本語』の広告だ。「いや違う」と返答するが頼んだ本を思い出せない。そこで目が覚めた。妙な展開だった。でも、久しぶりに色っぽい夢を見た。こんなのが毎日見られたら、楽しい。夢の中では夢ではないからだ。

紙一重

感情がすぐ顔に表れてしまうらしい。自分では抑えているつもりなのだがまったくばれていた。そういえば道端で女性とすれ違う時、カーディガンでさっと胸を隠されたことが数回あった。そんなに怖がるほど、じろっと見た覚えはないのだけれど、つい嬉しそうな顔をしてしまったのかも知れない。自分が見えていない証拠である。

それにしても同じ行為なのにすごい差だ。好き同士は悦びとなり片思いは犯罪になる。

あがっちゃった話

電話の声を聴くだけで元気になれる人がいる。明るくて、優しくて、甘い声だ。「早川さーん」という響きがいい。電話を切ったあとも、しばらく耳元に残っている。言い方を真似してみるが全然違う。

いつぞやは、話の流れから男友だちの高級ソープランド体験を語ってくれた。そりゃすごい話だ。僕も負けじと昔のドライアイスの演出で雲の上でやっているような体験談をした。女の子といやらしい話ができるほど楽しいことはない。（Hな話とお金の話は一歩間違えるとたちまち不快になるが、爽やかか爽やかでないかは、その人の品性にかかっている）。彼女のHな話はおかしくて、まるで男友だちと喋っているみたいだ。からっとしている。恋愛対象ではないからだろう。僕は恋愛対象なのに。

最近もう一人、いやらしい話をしてくれた女の子がいた。もっともその時、周りに他の人もいたのだが。「早川さん、私あがっちゃったみたいなの」。一瞬僕は、そりゃ良かった、すると生で出していいわけだと思ったが（もちろんそんな仲ではない。手も触れたこともない。いや一度だけ握手をしたことがある。あれがいけなかった。握手は友だちの印だからだ）、彼女は独身（たぶん）、第一まだ若い、となると、あがって良かったねなんて言ってはいけないわけで、さてどう答えたらよいものか、僕は顔だけ笑っている。

数日後、別のことで連絡があった時、メールの最後に報告があった。「あ、あとまだ『あがり』じゃなかったんでお知らせしなくちゃ、っと」。あー、なんて可愛いんだろう。歌だ。（本来そんな生理の話、僕は好きな方ではなく、そもそも僕に関係ないのに）楽しい。でもどうして僕にそんな話を聞かせてくれるのだろう。やはり恋愛対象ではないからだ。僕は笑いで返せない。彼女は軽やかで僕は重い。切ない。うまく行きたい人とはなかなかうまく行かない。

相思相愛

マッサージのせっちゃんのところへ。せっちゃんは、この間、鎌倉歐林洞のライブをお姉さんと観にきてくれた。「早川さん、すごーい。いつもの早川さんと違うんだもの。想像していたのと全然違うから。佐久間さんは背が高くて、指が長くてかっこいいー。早川さんは、ピアノ弾くのに、手がぽっちゃりしてて」「そう、一オクターブがやっと」

「あの歌、全部、本当のことなんですよね」「うん、体験したことしか歌にできないから」「いつごろの彼女だったんですか」「うーん、本屋時代かな」「相手の方は」「最初はお客さん。この辺の方ではないですよねって話しかけた。地元では見かけない美人という意味を込めて。俺、昔からナンパっていうの出来ないんだけど、考えてみれば、レジでナンパしてたんだ」「わー、早川さん、やるー」

「でも、向こうが好きっていうような光線を出してくれなくちゃ話しかけられないですよ。俺、断られると立ち直れなくなっちゃうから。ナンパが出来る人っていうのは、断られても絶対めげない人なんだろうね。僕は駄目だなー」「早川さん、シャイだから。何歳ぐらいの方と……」「二十は離れているかな」「やっぱりねー」「何年ぐらい続くんですか」「うーん、二、三年かな。最終的に振られちゃったりして。いや、離婚して結婚しようということになれば話は別かも知れないけど。佐久間さんみたいにそのたびに離婚していけばうまくいくのかも知れない」「離婚は考えないんですね」「うちのに満足しているわけじゃないんだけどね。俺はだまされたと思っているくらいだから」「面白ーい」「家庭と恋愛は別なのかな。でも、最近はもう駄目。うまくいかない。片思いと妄想ばっかり。相思相愛にならなくちゃ楽しくないものね」

エレジー

かつて、僕はある女性に恋をした。その娘に靴下や靴を履かせる時、快感を覚えた。ずいぶん、尽くした気がする。いや、尽くすという言葉は適切ではない。自分なりに大切に思っていた。もちろん、それは相手に頼まれたわけではなく、僕が勝手にしたことだから、むしろ、彼女からしたら、させてあげているくらいのつもりだったのだろうから、恩着せがましいことを口にするつもりはない。しかし、ある時、僕が冗談ぽく言ったほんの一言で、あきれかえるほど、冷たくされたことがある。魅力的な人であったが、がっかりした。

とどのつまり、僕にとっては恋愛対象だったけれど、相手は僕をまったく恋愛の対象にはしていなかったというだけの話だ。誰が悪いわけでもない。しかたがないことだ。それにしても、まさか、こんなに温度差があるとは思わなかった。冷静になった今、もちろん楽しかった思い出はあるが、ふと嫌な会話を思い出す。いかに、人を見抜く力がないか。まさに、「恋は錯覚」「恋は盲目」であることを実感した。

めったにないことだが、相思相愛になったケースがある。彼女たちには、本当に感謝している。これはすごいことだ。もしも、他人に同じ行為をしたら犯罪で捕まってしまうことなのに、受け入れてくれるなんて、なんてステキな素晴らしいことだろう。至らなかった場合や別れる場合は、しょうがない。好き嫌いの問題だからだ。自分にも好みがあり、相手にも好みがあってのこと。魅力を感じてもらえなかったら、たとえ、どんなに好きであろうとも、黙って引き下がり、あきらめるしかない。

「彼と別れたら、とてもモテるようになりました。でもいまだに男の人の気持ちがよくわかりません」というメールを親友の元彼女からもらったので、「男はやりたいだけです」と答えたら、それっきり返事が来なくなってしまった。正直に答えたつもりだが、何かが足りなかった。好きな女性を狂わせ、自分だけのものにしたいと願っているだけなのだ。

サティの曲が全編に流れる『エレジー』という映画を観た。老教授のセリフ。

「彼女のいない夜は耐えがたい　今　どこにいるのだろう　私を敬愛していると何度

も言う　そして　それは本心だ　だが　私のペニスが欲しいとは言わない」

「もう面倒くさいから愛のないセックスがしたいわ」は、北村早樹子さんの女友だちが言ったセリフだ。その方とは数年前一度お目にかかったことがある。色っぽかった。言葉通りに受け取ると、まるで、ふしだらで、いけないことのように映るけれど、僕にはその言葉が、「面倒くさくない愛のあるセックスがしたい」と言っているように、純粋に聴こえる。

初めての合コン

五郎ちゃんに誘われて、生まれて初めて合コンに行った。「二、三日帰って来ないからね」と言い残して……。

五郎ちゃんは僕を乗せるのがうまい。「避妊具を忘れないでね。ウフフ」などとメールに書いてある。

今回は五郎ちゃんの友だち、シモンさんのセッティングだから、五郎ちゃんもどういう女性が現れるか知らないという。場所は新宿。四対四。僕は五十六歳、五郎ちゃんはもうじき五十五、相手は三十歳前後（たぶん）である。

予約した店がうまく取れず、騒々しい店になってしまった。しかし、そんなことはどうでもいい。初めての合コンだ。席に着く。自己紹介みたいなことをした。ビールを飲み、生春巻きを食べた。でも、いまひとつ盛り上がらない。終電車に間に合うよう、僕はトボトボと帰った。

翌日、五郎ちゃんから、「もう懲り懲りですか？　もしそうでなければ、またやりましょうね」というメール。「うーん、五郎ちゃんと喋っている方が楽しかったかな」と返事を打つ。

そういえば、五郎ちゃんとは去年の一月、新年会をやったことがある。別名「女の子にお酒をいっぱい飲ませて押し倒しちゃう会」だ。これも不発だった。いまだかつて、五郎ちゃんの誘いでいい思いをしたことがない。

いや、それは違う。実はその新年会、僕はすごく楽しかったのだ。あんな楽しかったのはいったい何年ぶりだろう、世の中にこんな楽しいことがあるなんてと思った。そのくらい僕は寂しかった。アコーディオン奏者のリエちゃんと五郎ちゃんが僕のために（？）いろんな女の子に声をかけてくれたのだ。

その日、初めて逢った（正確には二度目なのだが）、○○さんに僕は一目惚れした。リエちゃんの料理は美味しく、「料理上手は床上手」なんていう格言で盛り上がり、ギタリストのオオニシユウスケさんも「料理上手はトコトコトコトコ上手」なんて早口で言ったり、面白かった。

そのうち、女性器の呼び名が地域によって違う話となり、ある所では「おちょんちょん」と言うことを教わり、わー、なんて可愛いんだろうと思った。なにしろ酔っているから、ユウスケさんは電車の車掌さんになり、「次はおちょんちょん、おちょんちょん」と叫び、僕は僕で、「それじゃ、○○ちゃんのおちょんちょん、ちょっと見せてなんていういい方するわけ」などと、わざといやらしい男の手つきの真似をして、みんなで大笑いしたのだった。

その後、僕は○○ちゃんと手紙を数回交わしたが、何を血迷ったか、勝手にのぼせてしまい、ああ恥ずかしい、返事がなくなり、それっきりになってしまった。すっかり、落ち込んだ。

数カ月後、五郎ちゃんに会った時、どうしたらモテるようになるだろうねと尋ねた。そしたら、モテる三カ条を教えてくれたのだ。1まめになる。2チャンスを逃さない。3何でもいただく。めげない。

駄目だと思った。まめじゃない。タイミングが悪い。誰でもいいというわけには行かない（お互い様だが）。すぐめげてしまう。モテないはずだ。もう、降りようと思った。そんな時、合コンの誘いを受けたのだ。迷ったが、このまま引きこもっていてはいけない。もしかしたら、いい子に出逢えるかも知れない……。

友人に報告した。すると、「奇遇ですね。私もついこの間、十年ぶりに合コンしました。三対三＋行司一でやりました。モテないもの同士が集まるとみじめさが倍加します」という返事をもらい、思わず笑ってしまった。モテないのも楽しいかなと思った。

ライブの打ち上げで提案した。「ライブ終了後に合コンあり、っていう企画どうかな」って言ったら、スタッフに却下された。四対四の話をした。佐久間さん、「えっ、四対四？　それじゃ、気に入らなかったらどうするの？　二十対二十ぐらいじゃなきゃ」と言う。それだと、クラス会だよね。

合コンにくわしかったのは事務所の女の子だ。ふだん真面目なのに、急に嬉しそうな顔になり、「三対三が理想なんです。その方が話しやすいし、席も入れ替わりやすい」「でも、話がかみ合わなかったりしたらどうするの？」「一時間ぐらいで解散する」だって。ひゃー、時間を無駄にしない。そして、いっぱい、やるんだ。いいなー、若い女の子は。

ぼくの好きなもの　女の子

「ぼくの好きなもの」と問われ、真っ先に浮かんだのは「女の子」だった。この世が男ばっかりだったらぞっとする。「女の子」がいるから、僕らは生まれ、元気に生きていける。感謝だ。しかし、女の子なら誰でもいいというわけではない。もちろん選べる立場でないことは十分承知しているが、モテない男ほどうるさい。それほど興味がなければ何だっていいのだが、好きであればあるほど、違いが見えて、あれこれ言いたくなる。

歳のせいだろうか、昔に比べ、ずいぶんキレイな女性が多くなったような気がする。いわゆる女優さんやモデルではなく、道行く人、お店屋さんで働いている人の中に、びっくりするくらい可愛い子を見かける。笑顔を見ただけで、いい娘だなと思う。僕は呆然と立ち尽くす。恋人だったらいいのにと思う。もしかしたら、気が合うのではないかなどと勝手に妄想する。一歩踏み外せばストーカーだが、思いとどまっているから偉い。犬だったら大変だ。ああ、いっそ犬になりたい。

僕は度胸がないから、これまでにナンパというものをしたことがない。いいなーと思うだけで、声をかけられない。すれ違うたびに、これでもう一生逢えないのかと思うと残念だ。そこで、さも一度どこかで逢ったかのように、まるで知り合いであるかのように、明るく「こんにちはー」と声をかける「こんにちは作戦」というのを思いついたが、娘から「バッカじゃないの」と言われ、実行していない。

どういう女の子が好きかと問われたら、どういう音楽が好きかと同じ答えになる。流行を追わず、群れをなさず、かといって暗くはなく、変なくせはなく、よーく見るとオシャレなんだけど、ごくごく自然で、普通で、素朴がいい。ところが、いざという時にはものすごいものを秘めている。意外性がある。意外性がなければ物語にも音楽にもならない。誰の真似でもない。誰にも真似をされない感性を持っている。

豹柄の服を着た人とは似合わないから歩けない。まあ相手にされないだろうけれど。

先のとがった靴、網タイツ、迷彩服、肌色の下着も、なんだかなーである。センスがいい人がいい。趣味も同じ方がいい。映画を観て笑う場所が違うと困る。とはいっても、好きになってしまえば、ちょっと嫌だなと思っていたものも可愛く思えてくるから不思議だ。欠点こそ愛おしく思えてしまう。好きになった人が世界一の美人になってしまう。

「顔立ちは生まれつき、顔つきは作るものよ」（白洲正子）であって、美形にこしたことはないが、やはり、性格が滲み出てしまう顔つきが大切なのだと思う。人との接し方、ものの言い方、声にも性格は出る。優しい人は優しい口調だ。かっこつけている人はかっこ悪い。人のことは言えないが、見栄と自惚れと嫉妬がもろに表れると醜い。自分の意見は正しいと思ってもいいけれど、もしかしたら、間違っているかも知れないという謙虚さは持ち合わせている方がいい。勝とうとしている人は劣等感丸出しだ。

昔つきあっていた彼女は、「どこに出してもいい」と言ってくれた。「やり逃げしてもいい」とさえ言われた。今思うと、愛そのものだった。「他の女の子を好きになったらどうする」と訊ねたら、「我慢する。悲しいけど」と笑っていた。彼女とはよく、「心はいったいどこにあるのだろうね」と話しあった。僕が「あそこ」かなと言うと、彼女は「細胞のひとつひとつの裏側にひとつひとつ付いているんじゃないかしら」と答えた。

いい恋には発見がある。きっと人間としても成長する。僕はバカだから、彼女を都合よく愛していたのだろう、最後は、思いっきり振られてしまった。振られてから、あーもっと大切にすればよかったと、ずいぶん長く、悲しみ苦しんだ。どんなに時が過ぎても、恋はもう二度と出来ないだろうなと思うほどに。

一生のうちに、相思相愛というのは何回やってくるだろう。僕は三回ぐらいだったが、多い人もいれば、逆にゼロの人もいるかも知れない。育ってきた環境も違えば、考え方も違う者同士が、ぴったりと気が合い、一つ屋根の下で暮らすというのは、すごいことだ。離れていても、同じ時刻に同じ気持ちになったりするなんてことはめったにないのだから、もしも、そんな恋人が現れたら大切にしなくちゃいけないなと思う。

老いた妻にどんな男性が好みかを訊いてみた。すると、いい男の条件は浮かばず、どういう男が駄目かを切り出した。色男はまったく受け付けないらしい。寒気がすると言う。男っぽいのも、低音の男も駄目だそうだ。ずいぶん好き勝手なことを言う。なおかつ、貧乏人は勘弁してほしいとのこと。つまり、金持ちぶっている男のことらしいのだが。まあ、この歳でお金で苦労はしたくないのだろう。いずれにしろ、「男はもうこりごりです」と言われた。

『たましいの場所』を読んで感想をくれた女性がいた。「性格のいい女の人だけがいいおまんこを持っている」という箇所に感銘を受けたとあり、嬉しかった。「一度だけの約束で逢っていただけませんか」と誘われた時は、ドキドキした。「私のフェラチオ、殿方に好評なんですよ」というメールをもらったこともある。その方はライブを観に来てくれて、お話したこともあり、品がありとてもステキな方だった。ところが、僕がそのセリフにあまりに興奮し過ぎたせいだろうか、連絡は途絶えてしまった。

大腸ポリープを切除した時、「大腸の具合いかがですか？　こんど診察しましょうか？　うそぴょ～ん」というメールは楽しかった。歩きながら話をしている時、つい見とれて「可愛いなー。抱きしめたくなっちゃうよ」と言ったら、「よしおくん」とたしなめられた。そりゃそうだ。往来で抱き合えるはずがない。第一そういう関係ではない。

あれは少し酔っていたのだろうか。その子が突然、「私のおへそ可愛いでしょ」とシャツとGパンの間からおへそを見せてくれたことがあった。「わー、ホントにキレイ。さわりたい」と言ったら、「三〇〇円」と言うので、ひょいとさわったら、「あっ、奥まで指入れたから五〇〇〇円」と言われてしまった。もちろん金額は冗談だ。最近の楽しい思い出といったらそのくらいだ。女の子とは、Hな会話を交わすだけでも気持ちよいものである。

しかしながら、好きであることを告げても、いっこうに距離が縮まらず、温度差も開きっぱなしなら、あきらめるしかない。得るものより失うものの方が多い時、人はそこを去っていくのが自然だからだ。縁がなかったのだ。相性が悪いのだろう。たぶん似た者同士だ。磁石にたとえればS極とS極だ。神様が「うまくいかないからやめときなさい」と教えてくれたのだろう。そう解釈すれば、悲しいことだが悲しむことではない。

うまくいっているカップルは、おそらくどちらかが折れている。どちらかが折れなければ喧嘩になる。言葉を言葉の意味通りに受け取るから、誤解が生まれ、論争になる。言葉は言葉の意味ではなく、なぜ、この人はこのような言い方をするのだろうと考えるところに本音がある。情報や活字は役に立つだろうが、文字を信じてはいけない。言葉を重要視してはいけない。Ａさんが Ｂさんのことを語っても真に受けてはいけない。本人の言葉でさえ怪しいものだ。「本当のこと」というのは、書いたそばから言ったそばからすり抜けてゆくように出来ている。形に表せない、見えない、つかめないところに真実があるのではないだろうか。

思い起こせば僕は数々の失敗を重ねてきた。あの時ああすればよかった、こうすればよかったと悔やむことが多い。しかし、その時その時、自分なりに最善を尽くしてきたはずなのだから、それで良かったのだ。今の僕があるのは、愚かだったことも含めすべて過去のおかげだ。「人生に無駄なものは何ひとつない」（遠藤周作）という言葉にほっとする。可能性は非常に薄いけれど、なおかつ、はたから見れば滑稽に映るだろうけれど、これからも「女の子」に恋をしよう。それしか生きがいはないではないか。

ベスト3

好きだからしたいのであって、したいから好きなのではない。

彼女から言われたいセリフ、ベスト3。

「お礼はベッドでするわ」

「痛くないなら何をしてもいいわよ」

「ずっと仲良しでいようね」

第五章
生きてゆく悲しみ

蓮の花

いい人は人を元気にさせる

本当のことが言えたらどんなにいいだろう。本当らしいことは言えても本当の気持ちはなかなか伝えられない。言いたいことは言えないように出来ているのではないだろうか。言えなくたっていい。誤解されてもいい。黙っていてもわかり合える人に出会いさえすれば良い。

いい人は人を元気にさせる。正直だ。前向きだ。すっくと立っている。ほどよい温度とほどよい距離を保っている。頑張っているから言い訳を言わない。精一杯だから批評は気にならない。納得する作品が生まれれば発表されなくたっていいと思っている。誇りを持っている。そういう人になりたい。

大腸ポリープ切除手術で入院した時、病室で、ふと、生きがいって何だろうと考えた。気の合う人と真面目に仕事をし、気の合う人と楽しく遊び、気の合う人とゆったり暮らす。それだけだなと思った。気が合うといっても、それぞれ違う人間だから、考え方、喋り方一つで不快に思うこともあるかも知れない。しかしそれでも、いいなと思う部分があり、大切にしたいと思い、なつかしく感じる人だ。

僕が不快に思うのは（めったにないけれど）、たとえば人と喋っていて、あー、この人はかっこつけているな、見栄を張っているな、自惚れているな、はったりだな、劣等感の裏返しだなと感じた時だ。哀れだ。どうしてそう思えるかというと、自分の中にもそういう部分があるからだ。

僕が感動するのは、なんてこの人は正直なんだろう、なんて素直なんだろうと思った時だ。たったそれだけのことだ。自分がされたくないことは人にしないという優しさ。自分の愚かさ、醜さ、卑しさを包み隠さず語ることができたら、いや語らずとも、淋しさや弱さに耐えて生きていけたら、これぞ音楽だと思う。

わかり合いたかった人とわかり合えなかった寂しさに比べれば、独りでいることなどちっとも寂しくない。

別離

大人になってからいちばん嬉しかったことはなんですか」の問いに、佐野洋子さんは『私はそうは思わない』（ちくま文庫）の中で、「これはもうばっちりあるんです。離婚した時です」と語っている。僕の周りにもそう答える女性が幾人かいる。片方は別れたい、片方は別れたくない、離婚は大変だ。

それは男女間だけでなく、仕事などにおいても起こりうる。契約書を交わしていれば事務的に処理できるだろうが、ただの信頼関係でスタートすると、そのうち小さなことから、だんだんと溝が深まり、ああ違うなと気づいた時はもう遅い。

かつて本屋をしていたころ、うちではアルバイト代をずうっと日払いにしていた。どちらか一方が厭になったら、いつでも自由に、貸し借りなく、恨みっこなしで、サヨナラできるからだ。「♪一度だけの約束であなたに逢えたら」〈悲しい性欲〉は、そこにつながっている。別れは悲しいがしょうがない。話し合っても無理だ。去る理由は一つ、得るものより失うものの方が多いからである。

これだけ一所懸命やっているんだから、犠牲を払ったんだから、愛情を持っているんだからというセリフは禁句だ。それらは相手が感じることであって、したいからしていたのであって、そんな恩着せがましいことを言ってはいけない。「♪恩を着せあうなんておかしなことだよね」〈猫のミータン〉と猫だって歌っている。

人はみなそれぞれ違う。二十歳を超えたら性格は直らない。自分の考えは正しいと信じてもいいけれど、それを押し付けることはできない。もしかしたら自分は間違っているかも知れないという疑いや謙虚さを持っている方がいい。言葉は言葉通りに受け取らず、なぜそういう言い方をするのか、本音を読み取る。あの人とは気が合わないな、苦手だなと思ったら、好きになれるところまで離れるしかない。

うぬぼれ

人間は、どうしてもうぬぼれてしまうものだから、そばで注意してくれる人が必要である。調子に乗って浮かれているときは、みっともないよとか、もっと謙虚にとか。逆に落ち込んでいるときは、全然おかしくないよ、みんなそんなもんだよと元気づけてくれる人がいた方がいい。そうしないと、天狗になり、裸の王様になり、あるいは、首を吊り、ビルから落ちてしまう。特に作品を書いたり作っている人は作品が書けなくなると苦しい。書いても、自分ではなかなか客観的になれないものだから、それが傑作なのか駄作なのかがわからない。

そこで、誰々さんに読んでもらおう、聴いてもらおうとなる。僕も経験がある。CDや本を僕の好きな人に贈る。ところが、友人からお礼状が届く場合はあるが、面識がない人からは、ほとんどといっていいくらい、何の感想も返って来ない。感想が返って来ないということは駄目なのだ。みんな自分のことで精一杯なのであり、人の作品まで手が回らない。思ってもみないところから、「いいね」と言ってくれたりするのは、贈呈していなかった人からだ。そういうものである。

歌を作る時もそうだが、僕はちょっとまとまった文章、時には日記まで、発表する前に、一番身近な人に目を通してもらうことがある。身近な人というのは、別に専門家ではない。仕事仲間や友人でもない。たまたま、そばにいる娘であったり妻である。特別仲が良いわけではないから相手は仕方なく、「私だって忙しいんだから」って怒りながら読むことになる。

僕は散々言われてきた。何の遠慮もなく、「ダメ」「全然面白くない」「意味が通じない」「この箇所削除」「これは相手に失礼」「最後もう一工夫」などと。なにしろ、頼んで読んでもらっているから、ずいぶん偉そうに言う。しかし、指摘された箇所は、言われてみると、たしかに、僕もうすうすちょっとおかしいかなと、気にかかっていたところなのだ。人から注意を受けて、初めてはっきりと気づく。どうしたものか、再度考える。ダメ出しがあったところは、思い切って削除した方がいいかも知れない。まだ熟し切っていないのだ。

文章も書けない、歌も歌えない完全なる素人だって、批評する力は持っている。誰だって持っている。小学生だって持っている。多くの作品を見たり聴いたりする人はみんな素人なのであって、批評家や専門家の目が正しいとは限らない。また、仲間内の意見というのも、馴れ合いで、キツイことは言わないだろうから、信用してはいけない。聴く耳を持とうとしていなかった、無関心の人の目と耳が一番怖いのだ。

みんな同じ道

僕は若い時、五十、六十、七十歳の人の気持ちは全然わからなかった。自分より年上の人はみんな別世界の人に思えた。ところが、この歳になって初めてわかったことだけど、いくら歳をとっても二十歳の頃と、心の中は何も変わらないのである。こんな悲しいことはない。こんなみじめなことはない。

僕は若い人に対し、餓鬼のくせにとか、若造なんていう言い方は一度もしたことがない。だから若い人が、年寄りのくせにとか、じじいという言い方をするのはあまり好きではない。みんな同じ道を通り、同じ道を歩いていくのである。

人はなぜ書くのか

佐野洋子『シズコさん』（新潮社）を読んで久しぶりに感動した。本来なら、そっとしまっておきたい気持ち、人の醜さまで書かれている。人はなぜ書くのだろう。なぜ歌うのだろう。

やはり、日常で言いそびれたことを書きとめておかなくては、心が静まらないからだ。「ごめんね」と「ありがとう」を伝えておかなくては、悔やんだまま、わだかまりを残したままでは、死に切れないからである。

バランス

収入が一〇〇なら支出を一〇〇にすればいい。収入が一なら支出を一にすればいい。バランスの問題である。働きがいいも悪いもない。お金持ちも貧乏もない。幸せも不幸せもない。

哀しい酒

右腕の付け根、左臀部打撲。腕の内側内出血。何にぶつかり、どのくらい転んだのか記憶なし。横浜駅の駅員さん二人がかりで、改札口の外に放り出された覚えだけ。そういえば、「救急車呼ぶ?」「いや平気です」といった会話をかわしたような気がする。翌朝やっと家にたどり着く。

何でそこまで飲むか。何がそんなに哀しいのかわからず。

書くこと、撮ること、歌うこと。

最近、ホームページを作った。パソコンは苦手だがちょっと頑張った。今の僕の歌をまだ聴いたことのない人に聴いてもらいたかったからだ。ライブ情報が唯一の目的だ。でも、それだけでは誰もホームページを訪れてくれないよ、とアドバイスを受け、日記やコラムや写真のページを作った。

日記など、これまでに一度もつけたためしがない。しかし、やってみて思った。見知らぬ人がどこかで読んでくれているかも知れないからこそ、続けられているような気がする。

はじめは落ち着かなかった。一日中、窓を開けっ放しのような気分だった。日記を書いて、いったんはこれでよしと更新しても、時間が経つと、とたんに恥ずかしくなる場合がある。言葉遣いや言い回しが気になりだし、相手に失礼なのではないか、誤解されるのではないかと思ったりする。そんな時はすぐに直す。ホームページは自分で訂正できるのがいい。

それにしても、どうして恥ずかしくなってしまうのだろう。思い出というのはなつかしいが、過去はすべて恥ずかしい。思い出はせつないが、過去はもう終ったことだからだ。

恥ずかしいのは、かっこつけたところだ。わざとらしいところだ。作為が見えてしまったところだ。言い訳、愚痴、悪口、卑下、自慢、卑猥、どれも僕の得意分野だが、なるべく抑えようとしている。それでも無意識に出てしまうからやっかいだ。食べ物だけが腐るのではない。言葉も腐ってゆく。

写真は楽しい。数年前から毎日、チャコという名の犬を連れて散歩して、海岸で出会ったワンちゃんや飼い主さんたちを撮らせてもらっている。もともと社交的ではないから、一歩前に出て写真を撮ることはむずかしいが、家に戻り、パソコンに取り入れ、たまたまよく撮れた写真があるとプリントする。そして、次に会った時「もし、了解をもらえたらでいいんですが……」と切り出し、ホームページに載せてもよいかどうかの了解を得る。

見知らぬ人にカメラを向けたり、ましてや声をかけるなんて出来る方ではなかったのに、チャコのおかげだ。飼い主の名前をお互いに知らなくとも仲良くなれたりする。カメラのことはよく知らない。ポケットに入っているカメラはマニュアル操作もできるらしいが、常にオートで撮っている。トリミングもなし。加工もなし。僕のピアノと同じだ。音楽と同じだ。自分の出来る範囲内でやる。撮りたい気持ちを撮る。自分が何者なのかを書く。伝えられなかったことを歌う。死ぬ間際においても、見るに耐える、読むに耐える、聴くに耐えるものを作りたい。いや、今、僕がそうしているというわけではない。そう願って生きる。

好きなもの嫌いなもの

×商品よりもタレントの方が目立つ広告。なぜ商品の魅力だけで勝負できないのだろう。拡声器を使った宣伝。電話セールス。迷惑メール。歩道にまで張り出している商品。心がこもっていない大声の「いらっしゃいませ」。ほとんどのBGM。音楽番組でのお喋り。携帯電話での一人芝居。鼻ズル。電化製品のファンの音。車のエンジン音。排ガス。野球解説者の喋り過ぎ。常に副音声で場内音声だけにしてくれるとありがたい。小道具を使ったヌード写真。わざとらしい演技。もったいぶった喋り方。すぐばれてしまう嘘。人のせいにするミス。うぬぼれ。自慢。言い訳。悪口。愚痴。説教。上下関係。嫉妬。規則、形式、道徳、正義、言葉ばかり重んじる人。いかにも高そうにみせかけた安物。ゴキブリ。自転車泥棒だと疑う警官。君が代斉唱。宗教の勧誘。冠婚葬祭。血のつながり。誕生日。クリスマス。バレンタイン。満員電車。団体。群れ。多数意見。流行語。

○自然であること。素朴であること。シンプルであること。海、山、川、空、雲、月、太陽、風、雨、雪、嵐。犬や猫の寝顔といびき。鳥。草木。頭からではなく、心から出た言葉、心から生まれたもの。音を出してないところから聴こえてくる音楽。頭のいい機械、手になじむ道具、それらは取扱説明書を読まなくとも使い方がわかる。専門家より素人。安くて美味しいもの。安くて良いもの。十倍高ければ十倍良いもの。ひなびた温泉。やわらかな女性。看護婦さん。流行を追わないこと。普通であること。いつまでも可愛いこと。意外なこと。健気であること。清潔であること。生きていること。孤独であること。悲しいこと。笑えること。いやらしいこと。清純なのにセックスでは大胆。形のないプレゼント。カメラ。写真。お金をかけないで努力すること。精一杯やること。他人に迷惑をかけないという常識。貸し借りのない人生。こんなわがままをわかってくれる女性がいい。

アンケート　証言・一九六八年　昭和四十三年

Q1　一九六八年、あなたはどこでどのような活動をしていましたか?

一九六八年、僕は二十歳でした。大学は二年で中退し、新宿の「風月堂」という喫茶店にばかり通っていました。そのころ「ジャックス」というバンドを組み、レコードも出しましたがパッとせず、仕事はなく(しかし不思議なことに、ラジオで聴いたとかテレビ番組「ヤング720」で観たという話を後になってよく聞きます)、あっけなく解散しました。活動期間は非常に短かったです。不幸なバンドでした。待ちきれないで歌ったということだけがとりえでした。

その後、URCレコードの制作、「季刊フォークリポート」の編集をしましたが、同じ歳の若者がだんだん嫌になり(勝手な言い分ですが)、早くおじいさんになりたいと思い、二十三歳で音楽業界を去りました。

Q2　特に印象に残るエピソードや場所を教えてください。

今年僕は五十九歳ですが、若いころと何も変わっていないことに気づきます。変わったことは姿かたちだけで、基本的なものの考え方、感じ方は何ひとつ変わっていないように思えます。これは実際に歳をとってみなければわからなかったことです。

二十歳前後に影響を受けた本や音楽、友人との語らいがその後の自分を形成してしまう大切な時期だったのです。一九六八年は僕にとってまさにその年でした。

僕の青春はビートルズとつげ義春と風月堂でした。髪を伸ばし（強度の近視を隠す意味もあって）サングラスをかけていましたが、流行を追っているという意識はありませんでした。パンタロンというスソの広がったズボンも趣味ではなかったし、底の高いサンダル靴も履いたことはありません。

多数意見に異を唱えることはたくさんありましたが、人と違うことをやろうとか、人より目立とうとか、個性的でありたいと思っていたわけではありません。むしろ、わけのわからない前衛的なものに胡散臭さやかっこ悪さを感じ、普通であることの素晴らしさを学びました。

Q3　一九六八年に存在して、現在失われてしまったものとは何でしょうか？

友人です。思い出です。あの時ああすれば良かった、こうすれば良かったと思うことはありますが、いまの僕があるのは、すべて過去のおかげです。あの道を選ばず、この道を選んだのも、すべての選択はあれで良かったのだと思います。

世の中はめまぐるしく変化していますが、中身は何も変わっていません。心が変わっていないからです。一九六八年にあったものはいまもあり、一九六八年になかったものはいまもありません。

アンケート　余命半年と宣告されたら？

日常の活動がこなせているのに、もし余命半年と宣告されたら、どうしますか。
遺言は書いていますか。書いていない方はその理由を、教えてください。
最期が近づいていることを告知されたら、最初に誰に伝えますか。

（宣告を受けても）笑いと感動とHしか興味がありません。一番の望みは、相思相愛の恋人と思う存分、美味しいものを食べ、旅行や遊びや買い物に明け暮れ、お金を使い果たします。妻も娘たちも心からそれを望んでいます。「男の人は好きにさせないと才能が伸びない」と信じているからです。問題点はただひとつ、恋人がいないことです。才能が伸びないのはそのせいでしょう。そういうことにして下さい。ゆえに、寂しい顔をしながら死んで行くでしょう。

遺言ですが、「♪僕が死んだら……」（〈僕の骨〉）という歌を作っただけです。お葬式もお墓も要りません。人には知らせず、もしも、友人から電話があったら「あー、半年前に死んじゃったんですよ」と答えればよいと家人には伝えてあります。みんないつかは死ぬのですから、悲しいですが事件ではありません。

告知を受けたことは、四十年連れ添ってしまった妻に伝えます。「十分生きたからいいんじゃない。まああの人生だったわよ」ときっと力づけてくれると思います。妻に「あなたならどうする？」と訊いたら、「私はふだんと変わらない生活をする。もしボケちゃったら、どこにでも入れてちょうだい」と言っていました。欲のない人ほど幸せになれるような気がします。

読書日記

CD『小林秀雄講演』

一度も喧嘩をしたことがないくらい仲は良いのだが、妻と別居し、生まれて初めて、六十二歳で独り暮らしを始めた。

友人から「ひとりは寂しいよ」とからかわれたが、炊事洗濯掃除は苦ではなく、静かで気楽だ。これで歌ができれば嬉しいが、歌は恋と同じで作るものではなく、やってくるものだから、出来なければしょうがない。

本を数冊とCD『小林秀雄講演』(新潮社)を持ってきた。目ではなく、耳から読む文章である。

第二巻「信ずることと考えること」は、ほぼ同じ内容のものが『考えるヒント3』(文春文庫)にも収録されているが、やはり、講演の方が面白くてわかりやすい。小林秀雄の声、抑揚、息遣い、間《ま》は音楽のようであり、それらを文字に起こすことはできないからだ。

「文字というものに万事を託すると、託して安心してると、精神の方を使わなくなるんです」「あんまり言葉が多すぎるんです」「自己を主張している人はみんな狂的です」など、うっとりしてしまう。

第七巻「ゴッホについて」はすごい。個性があるのは当り前であって、それを克服しなければ、普遍にはたどりつけないと説く。「この人は自分と戯れているか、それとも自己と戦っているか。そこで僕は文学というものの価値を判断しているんです」。「文学」を「音楽」に置き換え味わっている。

2010.5.12

『鎌倉文士骨董奇譚』

「能」について、まったく知らないのに、白洲正子『お能・老木の花』の最初の一行「お能というものはつかみどころのない、透明な、まるいものである」を読んで、なんだかわかったような気になった。言葉の持つ力はすごいものだ。「私がそう書くのではなく、お能がそう書かせるのです」、さらに、「お能がわからないものである」とも語っている。やはり、わかっている人は「わからない」と答えるのだろう。

白洲正子の『いまなぜ青山二郎なのか』でその名を知った、青山二郎の『鎌倉文士骨董奇譚』（講談社文芸文庫）に、こんな一説がある。

「優れた画家が、美を描いた事はない。優れた詩人が、美を歌ったことはない。それは描くものではなく、歌い得るものでもない。美とは、それを観た者の発見である。創作である」

おお、素晴らしい。そう思ったのは、まったく図々しい言い方だが、それまで形に表せなかっただけで、僕も心の底で同じようなことを感じていたからなのだ。感銘を受ける、感動するということは、常にそういうことなのではないだろうか。

美しいものは、どこかにあるのではなく、心の中に眠っているものなのだ。「♪歌を歌うのが歌だとは限らない　感動する心が音楽なんだ」（〈音楽〉）という歌が生まれたのは、青山二郎の言葉に出合えたおかげである。

2010.5.19

『銭金について』

「文章の書き方」といった本が好きだ。読んでもうまく書けるようになるわけではないが、どのように生きて行ったら良いのかと通じるところがあるから面白い。

桑原武夫『文章作法』は、「人さまに迷惑をかけない」で、「できるだけシンプルに書く」ことを勧める。ひとりよがりは、人を無視していることだし、飾るのは中身がないからだ。いいものはみなシンプルである。

色川武大も一見易しそうで難しい。「自分の関心に他人を参加させようとすることを、一応、やめてみよう。その点では気楽になってみよう。そのかわり、何を記すかというと、自分の中の真摯な部分を記してみよう」

三木清は「これ一つだけ書いておけば死んでもいいという気持で書かなければ駄目だね」と言う。

白洲正子との対談で、「人が人であることの悲しみを書きたい」と語った車谷長吉は、『銭金について』（朝日文庫）で、「私は自尊心が強い人間である。虚栄心の強い人間である。劣等感の深い人間である」と告白する。「人間の本質は悪であって、その悪を書くのが文学の主題である」と述べ、「小説一篇を書くことは人一人を殺すぐらいの気力がいる」と記している。

書くということは恐ろしい。僕も音楽でその境地にたどりつきたい。

2010.5.26

黒鳥

食べ物のことをあれこれ言うのは、あまり好きではないが、歳をとると昔より大食《おおぐ》いではないから、出来れば美味しいものだけを食べたいと思う。

ある時、外で間違ってひどくまずいものを食べてしまった時、店を出てすぐに思ったことは「今、交通事故には遭いたくないな」だった。

死ぬ時ぐらいは、美味しいものを食べて死にたい。

父は最期「お鮨を食べたい」と言った。贅沢を好まず、生前、お鮨を食べなかった人がだ（母は隠れてお鮨を食べていた）。ところが、あいにく、病院のそばに開いているお鮨屋がなくて、のり巻きになってしまった。

母はラーメンだった。しかし、付き添っていた姉が、まさかラーメンだとは思いもよらず、そーめんになってしまった。死ぬ間際は、もう言葉が聞き取れないのだ。そーめんをゆでて母に出すと「これじゃない。よっちゃんの、北海道の、ファンの人が……」と、やっと言う。結局、何を食べたかったのかが最後まで分からなかったと、あとで姉から聞いて僕は「あっ、ラーメンだ」と確信した。前に、母の家に旭川のラーメンを持っていったことがあるのだ。美味しいと言うので、二度ほど持っていったことがある。ファンというのは母の勘違いだ。もちろん、食べたいといっても全部を食べられるわけではない。ただ、ほんの少し口にして、その時の、あの時のことを、きっと思い出したかったのだ。

そういえば、こんな話もある。父が胃がんで入院していた時、母は毎日、病院に通って看病をしていた。ある日、義姉が病室の戸を開けたら、母が父のベッドの上に乗っていたのでびっくりして戸を閉めたという。くわしくは聞かなかったが、どうも、おっぱいを吸わせようとしていたらしいのだ。

父が望んだのだろうか。それとも、母が無理やりしたのだろうか。わからない。僕だったら（もしも希望を叶えてもらえるなら）看護婦さんの方がいいと思うのだが。父は下の世話も他の人にしてもらうのを嫌がり、ずうっと母にしてもらっていた。

変なことを憶えている。僕が中学生の時だ。近所の薬屋で母と買い物をした時、母が「何か景品ないの？」と言ってガムをおまけしてもらった。そばにいて恥ずかしかった。そういう母だった。商売をしていたから、そんなことは何でもないことだったのかも知れない。秋葉原に住み神田で商売をしていた。でも、父は値切るようなことは恥じていた。もっとも父と買い物をした記憶がない。

お葬式の時、父の棺は立派だった。教会に着くと、姉と母が「よっちゃん、これ、いくらすると思う。いくらいくらなのよ」とすぐお金の話をした。そんな家族だが一つだけいいなと思えたことは、父も母もお葬式で花輪やお香典をいっさい受け取らなかったことだ。それが遺言だった。

人は何かをやり残すことなく死んでいく。中途半端で終わってしまったように思えても、すべてをやりつくして息を引き取っていくのではないかと思う。何も喋らなくなった時、人は完成するような気がする。

月のように、太陽のように黙っている。犬や猫や鳥のように黙っている。痛いだの、悔しいだの、つまらないだの、面白くないだの、たとえそう思っても、いつまでも妬みはしない。黙っている。笑っている。歌っている。

ミータンが死んでいった時もそうだった。目を開け、ずうっと僕を見ていた。抱かれたがらない、甘えない、どちらかというと、がん飛ばし猫だったけど、おだやかで、優しい顔だった。「ありがとうね」という顔をしていた。半日抱き続けた。僕も「ありがとうね」と言った。

黒鳥は、二〇〇二年十二月十三日に飛んで来た。初めてのことだ。朝、チャコを連れて海岸へ散歩に行くと、五羽の黒鳥が波打ち際にいた。犬仲間の津田さんが黒鳥だと教えてくれた。写真を撮ろうと近寄っても逃げない。何枚か撮ったあと、海岸を歩き出すと、黒鳥は沖の方へ行ってしまった。

夕方、まだいそうな気がして、いつもより早く海岸に行ってみた。すると、また波打ち際にいた。その日は、僕の誕生日ではなかったが、近かった。もしかして、誰かが二度と逢えぬ誰かが僕を祝いに来てくれたのではないかと勝手に思った。

使い捨てカメラ

海岸を散歩していると「すいませーん、写真撮って下さい」とよく頼まれる。だいたいカップルだ。友だちや恋人同士なら、顔を寄せ合い腕を伸ばせばいい感じで撮れると思うのだが、景色や全身を写したいとなると、人に頼むしかないのかも知れない。

よく、街や電車の中でカップルがベタついているのを不快に思う人がいるが、僕はモテないわりには、それだけは気にならない。どんなに醜いカップルでも、もっとベタベタしてもいいよと思うくらいだ。とんでもないことでもすればいいのにと思う。見たくなければ、見なければいいのだし、素通りできるからだ。

しかし、映画のラブシーンは見られない。つらくなってくる。恋愛小説は読めない。そのかわり、あり得ない、意外、異様、変態（強姦とか暴行とか相手が嫌がっているのは駄目だが）はＯＫである。モテない男はやがてこうなる。

街の中でベタつくのは、一種異様なことだから、本来いけないことだから好きなのかもしれない。断っておくがのぞき趣味はない。そんなわけなので、写真を頼まれると「はい、もっと顔寄せて」と注文をつけてしまう。ある時など「はい、キスして」と言ったくらいだ。微笑ましく思う。使い捨てカメラを持っている人は、初めてのデートの人が多いからだ。熟練者は、もっと違うカメラで、もっと別なものを撮っている。

この間、ふざけあっている娘からのメールの件名が「ヨシ様」となっていた。「ヨシ様」っていったい何なんだろうと思った。ずいぶんしばらくしてから「あっ、そうだったのか、ヨン様のことか」と気がついた。流行を知らないということは、なんて快感なんだろうと思った。昔「ダッコちゃん」が流行っていたころ、勉強ばかりしていた三番目の姉がそれを知らなくて、「えー」って驚いたことがあった。今思うとうらやましい。

友だちにもそういう人がいた。ものに対してくわしいことが恥ずかしいのだ。車にくわしいとか、何々にくわしいとか、つまり、通である。いや、職人は好きだったはずだから、専門家のふりをしている人たちが嫌いだったのだろう。

そういえば、五郎ちゃんは（何度も登場するからって、友だちが一人しかいないというわけではない）小説を書き、音楽について文章を書く人であり、歌い手でもあり、女を無理やり口説いている人でもあるが、本来はブコウスキーなどの翻訳家である。

ゆえに、英語がぺらぺらだ。ところが、僕はいまだかつて一度も五郎ちゃんの口から英語の単語を聴いたことがない。歌詞だって、今の流行歌と違い、一言たりとも英語が使われていない。

そういうものだ。ものごとを中途半端に知っている人ほど、知識をひけらかす。僕もそうだ。たとえば、カメラが好きになるとつい機種名を口にしたくなる。ところが、専門家は喋らない。ソクラテスは考えた末に「わからない」と答える。小林秀雄は「あなたのおっしゃる通り」「私は見ての通り」。それだけで世を渡っていくのがいいと言う。

先日、バーベキューをやっていた団体から、使い捨てカメラを三台手渡された。総勢男女二十人ぐらいだ。リーダーみたいなのが「みんなこっち来て、並んで、前は座って」と号令をかけると、さーっとそうなる。だらだらしてない。体育会系だ。「では、撮りまーす」と声をかけると、なれたものだ。みんないっせいに、それぞれ得意のポーズをとる。思いっきり手を広げたり、構えたり、笑ったり、すごんだり。僕もシャッターを押すたびに「いいねー」とか「バッチリ！」と言う。どう撮れたかはわからないけれど、その方がお互いに安心する。終わると飛んできて「ありがとうございまーす」と頭を下げられた。さわやかで明るい若者たちだった。うでに刺青があった。

男の嫉妬

男はみんな自分が一番だと思っている。いや、もちろん一番でないことぐらいはわかっているが、心の底ではどこかで一番になりたいと願っている。だから他人から少しでも馬鹿にされたり、からかわれたりでもしたら、ひどく頭に来るのだ。オス犬が電信柱に片足を上げておしっこをかけるのも、男としての存在を誰よりも高い位置に示したいかららしい。オスは常に自分の存在を誇示し、時には威嚇し、優劣順位を決めたがる。とどのつまりは、すべての欲望を満たしたいからだろう。悲しいかな、それは人間の世界においても同じだ。ただ理性で抑えているだけに過ぎない。人間としての威厳を保ち、世間体もあるし、あまりガツガツするのはみっともないし、けんかはしたくないし強くないしという具合でほどほどにしているだけだ。ゆえに男は働く。勉学に励み、スポーツで汗を流し、芸を磨き、人を笑わせたり、遊び上手になったり、不良になったり、女にモテたいがためだ。そして実力以上に頑張って身体を壊したりもする。能力の限界を知れば自殺もする。そうならぬよう、あきらめたり、ごまかしたり、何かのせいにしたり、要領よく立ちまわったりする。もしくは、孤高の人となって、人間を完成させてゆく。何もない、心を許す場所もない、誰からも認められない孤独な人は、独り静かに暮らす。場合によっては、極端な話、嫌な話だが「注目されたかったから」という理由だけで、最悪、犯罪に走ったりする。

たとえばの話、野球選手をあきらめた人はプロ野球選手を尊敬し応援するであろう。しかし野球選手同士はたぶん応援しない。同じポジションを守っている選手に対し、心の中では怪我しろミスしろと密かに思っているという話をよく聞く。そうでなければチャンスが回って来ないからだ。下の者は常に上をめざす。

つまり、あきらかに手の届かないような位置にいる人に対してや違う分野で活躍している人に対しては、尊敬したり応援したりするであろうが、同じ場所で同じようなことをしている人には、自然と競争意識が働く。いやそういう意識があるからこそ共存共栄となり、お互いによい結果を生み出し、真の友情にもつながるとも言えるが。

それは音楽の世界でも同じだ。同じ分野の人が仲間を心から絶賛している光景を僕はあんまり見たことがない。だから、言葉を失うほど感動を受けている人を見ると、いいなと思う。素直だな、優しいなと思う。すごい男がすごいのではなく、すごいと思う男がすごいのだ。

男は嫉妬深い。女より嫉妬深い。なにしろ自分が一番だと勝手に思っているから、なおかつその自惚れを他人にばれないようにしているから余計である。たとえば、好きな女性がいいとも思わない男を褒め称えたら面白いはずはない。彼女が他の男のところへ行ってしまうようなことでもあればかなりのショックだろう。名誉よりお金より盗られたくない。男はいっぱい女性を愛し、錯覚でもいいから、愛されているということによって自信を保つことができるのだ。

あきらめている人は、擬似恋愛や画像や人形の世界で安らぎを得るであろう。その点女は強い。別れ話が出る前からちゃんと次の男を捕まえている。いや恋愛での嫉妬はまだいい。二人だけのことだし、しかたがない。切ないし、可愛げもある。それよりも、男同士の嫉妬が醜い。これは美輪明宏氏も再三語っていた。星野仙一氏も（巨人軍次期監督騒動の時）自分のホームページで書いていた。一見まともそうな意見を言ってくる男の腹の底にはものすごい嫉妬が渦巻いているのだ。

僕は嫉妬深い。嫉妬している姿が醜いことも知っている。だから、そうなりそうなところには初めから参加しないようにしている。三角関係は嫌だ。そうなったらすぐ降りる。悲しみの方を取る。もしかしたら、うちの家系はみんな嫉妬深いかも知れない。父がそうだったらしい。昔、母がクリーニング屋さんと親しく勝手口で話していたのを父は面白くなくて川柳を作った。姉から聞いた話だ。「ぜんだぐや他人の垢で家建てる」

父はもういないから真意のほどはわからないが、嫉妬ではなくただの冗談だと僕は思うが、「ぜんだぐや」という濁音に嫉妬が込められている。母の葬式の時など、いつも姉たちの会話は「お父さんってやきもちやき屋よね」って言ってみんなで笑うのである。

ちなみに僕は兄弟に対して嫉妬したことはない。兄や姉たちがどんなに裕福な暮らしをしていようが何にも感じたことはない。昔からだ。変な言い方になるかも知れないが、冷たい言い方になるかも知れないが、初めから競争などしていない、うらやましさを覚えない他人に感じるのである。

人間は弱い。特に男は弱い。女よりも弱い。たぶん頭も弱い。感受性も鈍い。いいところなしだ。ゆえに寂しい。偉そうなふりをするだけである。強そうなふりをするだけである。わかっているふりをするだけである。劣等感を持っている人ほど優越感を持ちたがる。かっこ悪い人ほどかっこつけたがる。この世はすべて逆だと思えばだいたい当たっている。

第六章
しいこちゃん

チャコとしいこちゃん

お風呂

しいこちゃんとは、もう何十年も前から、寝室は別である。寝返りをうって布団を持っていかれたり、物音に目が覚めたり、電気スタンドを点けて本を読むのに気がねしたくないからである。

お風呂も長いこと一緒に入っていない。いやらしい気持ちはないから、逆に恥ずかしさを覚え、独りの方がリラックスできるからだ。

ところが、年に数回、僕の入浴中、突然、しいこちゃんが入ってくる。朝、急いで出かけなくてはならない時だ。驚かす意味もあるから、わざとそうっと入ってくる。その時のセリフが怖い。「おまんたせしました」

十年ぐらい前の母と妻との会話

母「あたし、生理が上がってからすごく良くなったのよ。それまではね、気持ちよくなると子供ができるって教わったものだから、気持ちよくなりそうになると我慢してたの」
妻「わたしは、もう何年もしてないからよくわからない」
母「よっちゃん、他に女がいるんじゃない」
妻「いますよ」
母「えっ？　あんた、もう少しね、お化粧して、口紅の一本も塗ってね、おしゃれした方がいいわよ」

人が好き

チャコと海岸を散歩している時、ふざけて妻に抱きつこうとしたら言われた。「あなた、欲求不満なんじゃないの。私に抱きつこうとするなんて、最低。セックスは家に持ち込まないで」「僕のどういうところが良かったんだっけ」「膝小僧。人間的に面白いから。あと、性格が悪いところ」「どんな男が嫌い？」「生意気な男。男らしい男。ハンサムも苦手。あと貧乏人」「旅行行こうか」「私、旅行嫌い。旅行好きな女と行ってらっしゃい」「田舎に引っ越そうよ」「田舎と結婚すれば」「今日の夕飯、脂っこいのやめてねって言ったのに、どうして、豚の生姜焼きなんだよ」「豚は脂っぽくないわよ。よしおさんの方がよっぽど脂っこい」「犬って可愛いわよね」と犬仲間に声をかけられ、「うーん、私は犬より猫の方が好き。ああ、でもやっぱり一番好きなのは人間かな」

サーフィン

サーフィンから戻ってきた近所の人がウェットスーツ姿で道端でミネラルウォーターを飲んでいた。するとうちのが「あっ、水飲んでる。のど渇くんですか」と話しかけた。変なことを言い出すので、僕「そりゃ、そうだよ、運動してきたんだもの」「だって、水の中にいたから、のど渇かないと思った」「魚じゃないんだよ」

異常者の役

「歌手やスポーツ選手が急に役者になったりするじゃない。とくに修業したとも思えないのに、あれすごいね」「持って生まれた才能じゃない」「俺はできないな。さわやかで渋い男の役なんて絶対できない。でも、気持ちが悪い、いやな男、性格が悪い、変態、異常者の役なら、俺すぐできるよ。演出家も台本も要らない」「普段通りにやればいいんだものね」

飲み過ぎ

昨夜は飲み過ぎた。朝、しいこちゃんの話によると、延々と女について喋ったあと、酔ったから部屋の空気が悪い、と言って窓を開けさせ、突然外に向かって「しいこのおまんこー！」と二回も叫んだそうだ。あわてて口をふさぎ、「いいかげんにして」と頭をひっぱたいたら、「あっ、チャコの頭をぶったな。チャコは僕の中に入ってるんだぞ。僕はチャコのことぶったことないのに、君はチャコのことぶった」と怒ったそうだ。言われてみると、たしかにそんなことがあったような気がする。「わたくし参りました。あんなこと叫ぶなんて、よしおさん、よっぽど女の人にモテないのね。可哀そう」と言われた。

独り暮らし

昼寝をすると「もう起きてこなくていいわよ」と言われ、仕事に行くと「当分帰ってこなくていいからね」と言われる。この歳になって家出を勧められるとは思わなかった。実際、僕も飽きた。もしも独り暮らしができたら、さぞかし楽しいだろうなと思う。僕は二十歳で結婚したため独り暮らしの経験がない。

東京でライブがあった時、終電を気にすると、僕は打ち上げにも参加できず、せっかくの楽しみが半減。前から東京に部屋が欲しかったのだ。仕事部屋と称し、できればそこで曲を生み出し、あわよくば、女の子を誘い。

「でも、部屋に入った途端ベッドが丸見えだと警戒されるから、やはり、1LDKじゃなくちゃだめだよね」と佐久間さんに訊くと、「ベッドルームがある方がいやらしいよ。そのまま倒れこむ方が自然だよ」と言われた。

どうもそのへんのところが想像できないが、チャコがいなくなってからは、海岸にも散歩に行っていないし、海のそばで暮らしている意味がない。面白いと思うものがどんどん少なくなってきている。ほとんど家の中にいる。テレビも見ない。誰かがピンポンと鳴らしても出ない。家の電話には出ない。もしも東京で暮らすようになったら、きっと今とは違う明るい生活が僕を待っているのではないだろうか。

ある分譲マンションを案内してもらった。最初に七階の1LDKを見せてもらったが、今一つピンとこない。次に一階のスタジオタイプ1DKを案内された。「ここだ！」と思った。これは何かの縁だと思った。天井の高さが三メートル。ビル全体が斜面に建っているため、一階なのだが地下にあたる。たしかに昼間でも電気をつけないと多少暗いかも知れないが窓は前面に大きくあり、カーテンがなくても外からは絶対に誰からも見られない。隠れ家的存在だ。

その日から、僕はわくわくし、間取り図にIKEAで選んだ家具を配置したりして遊んだ。ところが、銀行からの融資を受けることはできなかった。理由は年収より債務（鎌倉の住宅ローン）の方が多いからとのこと。結構ショックだった。失格の烙印を押されたような、試験に落ちたような気分になった。では今度は、金利は多少高いですが別な金融機関に申し込みましょうと担当者が提案してきたが、その手続きの煩わしさに、なんだか厭になってしまった。もしかするとまた屈辱感を味わうのではないかと思った。死んだ父が「よしお、やめときなさい」と言っているのではないかと思えた。担当者に断りを入れた。

後日、気を取り直し別な物件を見に行ったら、ひどく貧弱に思えた。「一度美味しいものを食べたら、もうまずいものは食べられない。いい女性を知ったら、変な女とは付き合えない」と娘に話したら、「パパ、いい女と付き合ったことあるの？」と突っ込まれ返事に困った。あそこは僕好みだった。あきらめずにもっと粘れば良かったかも知れない。しかし、結局は身分不相応だったのだろう。

水曜日の女

女の子を本気で好きになっても、妻は嫉妬せず、どうぞどうぞと協力すらしてくれる。男友だちは、「早川さんの奥さんいいなー」と唯一、それだけを羨ましがってくれたのだが、ここにきてちょっと崩れかけてきた。「五年でも十年でもどこかへ行ってらっしゃい。私を一人にさせて」と、さんざん家出をすすめていたのに、いざ僕が東京で独り暮らしをし、鎌倉へ帰らなくなったら、寂しくなってしまったのだろうか、ちょっと前と様子が違ってきた。

もちろん、今まで通り、僕を自由にしてくれるのだが、「私も仲間に入れて」みたいに甘えるようになってしまったのだ。「君は僕を笑わせる係なんだから、普通の女になっちゃ面白くないよ」「だって、しょうがないじゃない。好きなんだもの。何とかしてくれよ！」「そんなこと言うなよ。こっちだって都合があるんだから。『人類みな独り』って子どもを育てたじゃないか」「なら、早く、曲作れよ」「頑張ってるんだよ。でも出来ないものはしょうがないじゃないか」

「今度いつそっちに行っていいんだっけ？」

「水曜日に決めたじゃない」

「あっ忘れてた。私は水曜日の女だったんだ」

うちらバラバラ

文庫化するにあたって、何か書き下ろしが必要なんだけど、何書いたらいいかなと、しいこちゃんに訊ねると、「うちらバラバラ」がいいんじゃないと提案してくれた。面白いことを言ってくれる。『たましいの場所』（ちくま文庫）では「うちらラブラブ」という文章を追加したからである。

たしかに今僕らはバラバラに住んでいる。二十歳で結婚して、毎日（本屋時代は一日中）顔を合わせていたから、お互いにもっと自由が欲しくなったのである。独り暮らしはご飯作りや食器洗いなど面倒だし、独りで食べる夕飯ほどわびしいものはない。けれど、静かな時間を持てるから、今のところ、もう少し続けたいと思っている。どこにいても、いいこともあれば、悪いこともある。

しいこちゃんは、僕が怒っても怒り返したりはしないから、これまでに一度も喧嘩をしたことがない。僕が本気で恋をしても、文句は言わず、応援すらしてくれる。「どうして、嫉妬しないの？」と訊いてみると、「よしおさんの行動に興味がないからかな」と言う。「私はもう、男はよしおさんで十分だから、恋愛なんかする気まったくないけれど、よしおさんが人を好きになってしまったのなら、それはしょうがないことだし、それをやめろとか、いちいち、やきもちやくなんておかしいんじゃない。新聞沙汰になるようなことさえしなければ何やってもいいわよ」

音楽に関してもこんな具合だ。「ライブで、しいこのことを書いた〈赤色のワンピース〉を歌おうと思ってるんだけど、どうかな」と訊くと、「やめなさいよ。あれ、かったるいから。もっと激しい、失恋した時に作った〈犬のように〉の方がいいわよ。私、よしおさんが死ぬ時〈赤色のワンピース〉一緒に歌ったりしませんからね。歌詞知らないし」と言われる。「どんな歌を作ってもかまわないけれど、〈グッバイ〉の『♪突然狂い出しては君を泣かせ　何度も飛び出してはドアをたたき』、そんなことしてたのかと思うと、恥ずかしいわー」

「俺、女の子には、恋愛感情を持ってしまうか、何でもないかのどちらかになってしまうから、女友だちは絶対出来ないと思っていたけれど、考えてみれば、女友だちは、しいこだけかも知れないね」「そうね。私たち、気が合うし、冗談が通じ合うものね」

（2014.4.10）

第七章
いい文章には血が流れている

黒鳥　鎌倉材木座海岸　2002. 12. 13

伝えたいこと、それが原点

かつて、ある美大の学園祭で歌った時、学生から「芸術とは何か」と問われ、恥ずかしげもなく「感動」と答えてしまったが、白洲正子は「何もない空に浮かび上がる、芸術とはそういうもの」と言っている。えらい違いだ。『絵はだれでも描ける』(谷川晃一、生活人新書)は、うまいへたを気にせず、思ったままを描けばいいのだと教えてくれる。僕の場合、絵ではなく歌であるが、「伝えたいことと、伝えたい人がいれば、歌は生まれてくる」と信じている。最近では、もうひねくれちゃって、「歌えるなら歌う必要はない。歌えないから歌うのだ」とさえ思っているくらいだ。

実はまだ、僕は名画を見たことがない。そのかわり、たとえば近所の子供から「チャコちゃんへ」って、うちの犬の似顔画をもらったりすると、じーんと来てしまう。技術がなくとも、心は形になるのだ。

「描くことはもう一度愛すること、もう一度生きること、もう一度見ること」というへンリー・ミラーの言葉が印象的だった。

『中高年のための文章読本』（梅田卓夫、ちくま学芸文庫）は「1　自分にしか書けないことを　2　だれにもわかるように書く」というのがテーマだ。その逆は駄目なのである。

「〈よい文章〉が書かれたときには、書き手にとっても〈発見〉のよろこびがあるものです」と言う。つまり、わかっているから書くのではなく、わからないから書くのだ。自分の声以外のものを引き出すために。人生と同じである。

『山口瞳「男性自身」傑作選　熟年篇』（山口瞳著、嵐山光三郎編、新潮文庫）は「これが好き」「これが嫌い」が面白い。これなら誰でも文章が書ける。箇条書きでいいのだ。たとえば、「そら豆を上手に茹でてくれる小料理屋」が好きで、「舟に乗って出てくる刺身盛合せ」が嫌い。それだけで、山口瞳の人柄やものの考え方まで見えてくる。

好きな理由は、美しいからだ。正しいからだ。僕も同じものを求めているつもりだが、ついふしだらな方にも目がいってしまうし、なおかつ、礼儀知らずだから、とても著者には近寄れないが、著者の根本思想、「どの国が攻めてくるのか私は知らないが、もし、こういう国を攻め滅ぼそうとする国が存在するならば、そういう世界は生きるに値しないと考える」には、まったく同感である。

語れぬ者の声が聴きたい

目に見えないものは、信じない方だったのだが、父と母の死後、見えなくとも存在するものがあるということが、ようやくわかってきた。考えてみれば、自分の心だって、目に見えないのだ。

母が飼っていたチャコという犬は、今僕と暮らしているのだが、嬉しいと目尻を下げて笑うのだ。はじめて、その笑顔を見た時、ああ、チャコの中に母がいるのだと思った。もちろん、心やたましいは一言も喋らないから、勝手にそう思っているだけの話だが。

かつて「自分の意見」を主張することが正しく、それが個性だと思っていた。怪しいものだ。それより、父は今何を思っているだろうか、母は僕に何を伝えようとしているだろうかが気になる。尊敬していたわけではない。ただ、人は死ぬと、見栄や欲望が消え、完成された人間になったみたいで、二度と逢えぬ人の声が聴きたくなるのだ。もしも、ものを書くなら、歌うなら、もう何も語れぬ人のために歌うことが出来たらと思う。『わたしはネコロジスト』（吉田ルイ子、中公文庫）は母親の墓参りの帰りに、道端で出合った、子猫の物語と写真集である。「きっと母からの贈り物にちがいない。四カ月も保育器に入っていたひ弱な私を、養女としてもらい受け育てた当時の母の苦労を、もしかしたら、いま私にも経験させようとして……」と著者は言う。旅先からも猫に絵葉書を送る。ある日、著者が退院してシエスタしていると、猫が庭から蟬や鳥の羽や蛙の脚などを枕元に等間隔に運んで来るのだ。「早くよくなってねというお見舞いのつもり」らしい。言葉が通じなくても「やさしさ」は通じ合えるのだ。

『単独発言　私はブッシュの敵である』（辺見庸、角川文庫）は、「暴力に本当に対抗できるのは、口から手を入れて心臓をわしづかみにするような言葉と想像力です」という発言や「表現者にとって晴れがましいことというのはぜんぶインチキである」という言葉にドキッとした。自分を含め、恥ずかしい行為をした時は、必ずうぬぼれている。「弱々しい魂」を抱え「オロオロ」している人の方がよっぽどステキだ。

『アラブの格言』（曽野綾子、新潮新書）より。「賢い人は見たことを話し、愚か者は聞いたことを話す」「他人のことを詮索するな。さもないと神がおまえのことを詮索する」「他人を信じるな。自分も信じるな」

生きていく意味を知りたい

本屋に行けば、答が落ちているのでないかと、つい思ってしまう。悩みがあるのではない。知識を得たいわけでも、ひまつぶしでもない。大袈裟かも知れないが、生きて行く意味を知りたいのだ。

たとえば、「人生は不純だから……」（曽野綾子『魂の自由人』光文社）という言葉に出合うだけで、僕はホッとする。音楽でいえば、〈さよならなんて言えない〉（ジェーン・バーキン《アラベスク》ライヴ盤）を聴くたびに、泣けてくる。

『色川武大・阿佐田哲也エッセイズ1　放浪』（大庭萱朗編、ちくま文庫）は、人生を相撲にたとえ「十四勝一敗」より「九勝六敗を狙え」という思想が面白い。「私は無学のせいもあるけれど」という書き出しの「文体についてかどうかわからない」もいい。

「自分の関心に他人を参加させようとすることを、一応、やめてみよう。その点では気楽になってみよう。そのかわり、何を記すかというと、自分の中の真摯な部分を記してみよう。たったひとつ、真摯なものが、相手に伝わるような形をつくることにポイントをおいてみよう」。ひたむきなものしか伝わらないのだ。

そういえば、『日本とは何かということ』（NHKライブラリー）の中で、山折哲雄は、司馬遼太郎と山本周五郎を評し、「志の高さと目線の低さ」と語っている。この言葉もいいなー。

『「芸術力」の磨き方――鑑賞、そして自己表現へ』（林望、PHP新書）は、趣味や遊びを芸術の域まで高めようという実践の本である。実は僕が自分で歌を作り出したのは、その歌に関してだけは、自分が一番うまく歌えるはずだという発想からであった。動機は良かったが、基礎が出来ていないため、歌はなかなか出来ない。しかし、キレイな気持ちになれば、きっと、キレイな歌は生まれてくる。

あとがきに「芸術は『生きる力』である」「志を持つこと」「一生懸命に努力すること」とある。その通りだと思う。

『サムライたちのプロ野球――すぐに面白くなる7つの条件』（豊田泰光、講談社+α新書）は、「コミッショナー改革」から始まって、実名でメッタ斬りだ。ところで「私設応援団」がうるさいとよく言われるが僕は解説の方がうるさく感じる時がある。

仮にあと数日の命だという時、自分は何を読み何を聴き何を見たいと思うだろう。何を食べ何を話し誰に逢いたいと思うだろう。いいものとどうでもいいものとの違いはそこにあるような気がする。

ああいいな、この名言

長いスピーチは嫌われる。短いほどいい。文章もそうだ。一言でいい。たとえば、洋酒の宣伝文句。「なにも足さない。なにも引かない。」は、ものを創る時の姿勢、生き方にも繋がっている。

『何用あって月世界へ――山本夏彦名言集』(山本夏彦著、植田康夫選、文春文庫)は、まさに名言集だ。「人みな飾って言う」など、空から僕らを映し出す。「本当のインテリなら、そのインテリぶりを誇示しない」「メーカーは技術者にマニュアルを書かしてはいけない。最も知る人は最も知らない人に訴える方法を知らない」「親切というものはむずかしいという自覚を、親切な人は忘れがちである」

「(新聞に)自分のことを書かれたら必ず間違ってるのなら他人のことも間違っているはずですよ。それならほかのものも疑ってかかるのが当然なのに、ほかのものは信じる。これが活字の恐ろしいところなんです」。このように、三木清は小林秀雄との対談で語っている。新聞に限らず、人は人を語れない。

『観光の哀しみ』（酒井順子、新潮文庫）は「招かれてもいないのに出かけていく」切ない本だ。行く時はわくわくしても、目的地に着くと、どこからともなく哀しさが漂ってくる。それでもまた、恋しくなる。著者の言うとおり、観光はセックスに似ている。

ポケットにデジカメを入れている。本当は女の子を撮りたいのだが、あきらめて、もっぱら、屈んで犬と猫だ。あとは時々、老いた妻と頬を寄せ合い、腕を伸ばす。子どもを撮る時は、カメラを渡し自分撮りさせる。写真は、写す人の気持ちと、写される人の気持ちが写ってしまう。機種や腕ではなく、心が写る。

デジカメは撮った後が面白い。要らないカットはすぐ消せるし、トリミングしたり、自分でプリントするのが楽しい。しかし、なるべく加工しない方がいい。画面の端に余計なものが写ってしまっても、それはそれでいいのだ。あともう一歩、近づいて写せるようになればいい。

『デジカメ時代の写真術』（森枝卓士、生活人新書）にも、記念写真のコツは、「撮りたい人物に近づいて、大きく撮る。撮った場所はそれと分かる程度でいい」と書いてあった。

有名な話なのだろうけれど、テレビで明石家さんまさんが「『生きてるだけで丸儲け』という意味で子供の名前に『いまる』って付けたんですよ」と言った時、ああいいなと思った。最も短い名言だ。

ステキな思想と、あったかい本と

『ためらいの倫理学』(内田樹、角川文庫)は、僕には少し難しくて分からない箇所もあったが、ステキな思想がいっぱいちりばめられていた。「私は『正義の人』が嫌いである。『正義の人』はすぐに怒る」という書き出しにドキドキした。

「世の中を少しでも住み良くしてくれるのは、『自分は間違っているかも知れない』と考えることのできる知性であって、『私は正しい』ことを論証できる知性ではない」

「批判する暇があったら、妻と親しんだり、子供たちと遊んだり、学生の相談にのってあげたり、困った人を助けてあげたり、『システム』から落ちこぼれそうな人を支えてあげたりしている方がよいと思う」

「『私には分からない』『だから分かりたい』『だから調べる、考える』『なんだか分かったような気になった』『でも、なんだかますますわからなくなってきたような気もする……』と螺旋状態にぐるぐる回っているばかりで、どうにもあまりぱっとしないというのが知性のいちばん誠実な様態ではないかと私は思っているのである」にホッとする。

もともと、かっこいいことよりも普通であることの方がかっこいいと思っていた。と言いつつ、つい僕は力んで失敗してしまうことがよくあるが、名も知らぬ人の中に、何も言わぬ人の中に、実はすごい人がひそんでいるような気がする。『生きる歓び』（保坂和志、新潮文庫）は、普通な人の普通な日常をたんたんと描いた小説だ。しかし普通は普通ではない。みんなものの考え方が違うからだ。「自分のことを何もせずに誰かのことだけをするというのは、じつは一番充実する」という文章に、あれ、もしかして、そうかなと考え込んでしまう。

同書に収められている『小実昌さんのこと』は、田中小実昌の真面目で飄々とした姿が目に浮かぶ。「小説とか芸術というのは、『ビョーキの産物』なのだ」という一節があった。ならば、自分も書けるだろうか。そんな気にさせてくれるあったかい本だ。『アウトサイダー・アート――現代美術が忘れた「芸術」』（服部正、光文社新書）、画家デュビュッフェの言葉。「本当の芸術、それはいつも私たちが予期しないところにある」「芸術とは、人に知られないでいることに熱中している人物なのだ」

目線と息遣い、伝わる言葉がいい

書き言葉と話し言葉は、スタジオ録音とライブ録音の違いみたいだ。いずれにしろ、目線と息遣いが伝わってくる方がいい。小林秀雄は、かつて講演で「批評トハ無私ヲ得ル道デアル」という自身の言葉についてこう語っている。

「自己を主張しているやつは、みんな狂的です。そういう人は、自己の主張するものがなんか傷つけられると人を傷つけます。僕をほんとにわかってくれる時は、僕は無私になる時です」「僕は人に聞かそうと思ったって僕はあらわれるもんじゃないんだ。君の言うことが聞きたいと言った時に、僕は無私になる時に、僕はきっとあらわれるんです」

『司馬遼太郎全講演［1］1964―1974』（司馬遼太郎、朝日文庫）は、青空が広がるくらい、明快だ。「私は兵隊に行くときにショックを受けました。まず何のために死ぬのかと思ったら、腹が立ちました。いくら考えても、自分がいま急に引きずり出され、死ぬことがよくわからなかった。自分は死にたくないのです。ところが国家は死ねという。国家とは何だと思いました。死ねというような国家は、国家であるはずがない」「思想や宗教は、小説と同じようにフィクションであります。つまり、『うそ』であります。神様が天国にいるというのは、やはりうそであります。そして、マルクス・レーニン主義も、うそであります。いかなる思想もうそであります」

『まともな人』（養老孟司、中公新書）は『養老孟司が語る「わかる」ということ』（新潮CD講演）と同様、違う立場の人の気持ちもわかるよう、一元論に陥らぬよう願いをこめて書かれた本だ。

「それにしても唯一神を信じる人たちの間のもめごとには、ほとほと愛想が尽きた。それが私の本音である。唯一神が存在する世界の欠点は、しばしば人間が神を演じることである。自分が『正しい』というからである。そういう人たちには、たとえ唯一神を信じるにしても、真実は神のものだということを思い出させるべきであろう」「いくら自分の信念が正しいと思うにしても、それはたかだか千五百グラムの脳味噌がそう思っているだけのことですよ」

僕は偏屈で、娘の結婚式にも出席しなかったくらいだが、「愚かでいるほうがいい／立派すぎないほうがいい」（「祝婚歌」）と歌う『二人が睦まじくいるためには』（吉野弘、童話屋）をそっと贈ろう。

モテなくたって、恋をしよう

『ああ〜ん、あんあん』（室井佑月、集英社文庫）は、恋愛、結婚、出産、破局までを綴ったエッセイである。「男はスケベで動く」なんていう名言もある。実感がこもっている。何より登場人物がいい。みんな愛すべき人たちだ。やさしいダーリン、気さくな友だち、そして、父上母上がなんともいい味を出している。島田雅彦氏も料理をしにやってくる。このままで、連続ドラマとして成立しているのではないだろうか。

「便器が出るテレビ」というビデオを鑑賞した時の話など、バッチイ言葉や場面がいっぱい出て来るのに、不思議と笑えて、なぜか、しみじみとした気持ちになる。頭や手で書かれたものではないからだ。あとがきと丸山あかねさんの解説を最後に読んで、一気ににじんと来た。

人はなぜ恋をするのだろう。僕など失恋で懲りているはずなのに、いまも恋を探している。でもモテない。まったくモテない。モテる秘訣を友人に訊いてみた。1 まめになる。2 タイミングを逃さない。3 何でもいただく。めげない。

ますます自信をなくした。正反対だからだ。お互い様だが、誰でも良いのではない。なぜ、あの人ではなくてこの人がいいのか。その答えを『「恋する力」を哲学する』（梅香彰、PHP新書）に見つけた。「恋の相手はもともと自分だった」という。「恋愛は自分の中に眠っている力を目覚めさせ、それを発揮させる起爆剤なのだ」「いい恋愛ができることと、自分らしく生きることは、ほとんどイコールだと私は思う」

もし、稲妻に打たれるが如く「分身」に出逢えたら、どんなにステキだろう。切なくとも、たとえ、みじめに終わっても、きっと、何かを生み出すエネルギーとなる。モテなくたって、恋をしよう。美は醜さの隣にある。一歩間違えば罪。「恋は狂気」だから。

『文読む月日（上）』（レフ・トルストイ著、北御門二郎訳、ちくま文庫）は、トルストイ自身が集めた箴言集の数々。「自分の著述は時が経つにつれて忘れられるであろうが、この書物だけはきっと人々の記憶に残るに違いない」と語っている。

「君が話すとき、その言葉は沈黙にまさるものでなければならない」（アラビヤの諺）。「毎朝毎朝目が覚めるとすぐ、今日は誰か一人でも喜ばせることはできないだろうか？と考えることほどいいものはない」（ニーチェ）

内視鏡で精神を覗くような夢小説

毎朝、犬と散歩しながら、海岸で桜貝を拾っている。そんな少女じみたこと、興味はなかったはずが、いったん拾い出すと止まらなくなってしまった。子供のころ拾った宝貝や角貝も流れてくる。集めてどうするわけでもない。ただ並べているだけで心が和むのだ。河原で石を売っているつげ義春の『無能の人』やゴミ屋敷の人たちもこんな気持ちなのかも知れない。

朝、本屋の夢で目が覚める。閉店してもう十年近く経つのに、いまだに、棚整理やお客さんの応対をし、家人のミスを叱ったりしている。夢はすでに出来上がっている映画なのだろうか。それとも創作しながら見ているのだろうか。情景や心理が実にリアルだ。もしも、寝ながら書きとめることが出来たら作家になれそうだ。しかし、目が覚めると夢は瞬く間に消えてしまう。もしかしたら、それは消えたのではなく、日常生活の邪魔にならぬよう、過去の記憶と同じように、脳のどこかに蓄積され、ふたをされてしまっただけなのかも知れない。

『睡眠博物誌　夢泥棒』（赤瀬川原平、新風舎文庫）は、そんな夢を記録した奇妙な小説だ。右側の眼と耳が水溜りに浸かってしまい、左側の眼で空を見上げているシーンなど、「おそらく」という言葉を何度も使いながら克明に描写していく。まるで、身体の中に内視鏡を入れて精神を覗いているようであった。

『櫻よ――「花見の作法」から「木のこころ」まで』（佐野籐右衛門・小田豊二、集英社文庫）の小田豊二の聞き書きは、『のり平のパーッといきましょう』（小学館）の時にも感じたが、語り手が目の前で喋りかけてくれる。「まずあかんのが、あの青いビニールかなんかのシート。あれを幹の根元に敷きつめられたら、桜が息が満足にできんようになります。風、通さんですからね。口と鼻にマスクをかけられているようなもんですわ」といった調子である。「満開の桜に恥ずかしくて、人は酒を飲む」らしい。

『喜びは悲しみのあとに』（上原隆、幻冬舎アウトロー文庫）は『友がみな我よりえらく見える日は』の続編だ。様々な困難に立ち向かい、悩み生き抜いてきた人たちの美しさが描かれている。読み終えて、すぐに拍手は出来ない。痛いからだ。本当のことは、言葉にならないのかも知れない。みんな寂しい。心の底に闇を抱えている。でも、自分を見失わなければ、きっといつか「大丈夫だよ」という声が聴こえてくる。

力まずに表現　うーん、むずかしい

これまでの数々の失敗は、すべて力んでしまったことが原因だ。力を入れると力が出るのではなく、力を出すには力を抜かなければならなかったのだ。歌も文章もスポーツも生き方も同じだ。ひとつを学べば他が見えてくる。

『読ませる技術――書きたいことを書く前に』（山口文憲、ちくま文庫）は、「うまい文章を書く秘訣」はないけれど、「まずい文章を書かないコツ」を教えてくれる。使ってはいけない言葉は、「決まり文句」「流行語」「庶民」「生きざま」などだ。「卑下」「自慢」も駄目である。

「すでに誰かが書いていることは、書いてはいけません」「世間の常識をなぞってはいけません」「身近なことを書けばいいんです」。ここまでは納得できたが、「自分が書きたいことを書くな、ひとが読みたいことを書け」に、あれっと思った。「他人はあなたの人生に関心などありません」だって。

では、いったい何を書けば良いのだろう。巻末の対談で、関川夏央氏が語っている。

「あなたは特別じゃない。あなたはふつうの人です。ふつうの人がふつうの人に向けて書くときの面白さはなにかを考えなさい」が印象に残った。引用しているだけで、何だかますます文章がへたになってゆくなー。

『きむら式　童話のつくり方』（木村裕一、講談社現代新書）は、誰もが「すぐに童話作家になれる」と断言している。「基本的には、でたらめな話を勝手につくっているだけなのである」。

ただし、「あなたにしか書けない」ものを書く。「一番肝心なところ、一番言いたいことと」は、書かずに、思わせる。「書かないところを想像しておいて、書いている場面でいかにそれを感じさせられるか」。うーん、むずかしい。

いい演奏や歌が生まれる瞬間というのは、自分の力ではなく誰かの力を借りているような気がする。そうでなければ、能力以上のものが出て来るはずはない。『人生を肯定するもの、それが音楽』（小室等、岩波新書）の中には、その見えない誰かを友だちのように迎え入れるヒントが隠されていた。

最近、最も感動した音楽は、「ロンドンハーツ」というテレビ番組で、出川哲朗氏が弾いた〈星に願いを〉であった。場所はローマ。プロポーズをするために練習した三分弱のピアノ演奏だが、これを超える音楽を僕は知らない。芸術は思ってもみないところにある。また、力んでしまった。

秘話たっぷり　指にもピアノにも

鳥や昆虫の性行動を誰もいやらしいとは思わないように、動物行動学の見地からすれば、人間の性行動も本来はちっともいやらしくはない。と思うのだが、いざ『遺伝子が解く！　男の指のひみつ』（竹内久美子、文春文庫）を紹介しようとすると、そのものズバリの言葉がいっぱい出て来るので、非常に困る。そこで、ほんの一例を。

「私は結婚しています。しかし時々こっそりマスターベーションしています。こんな私は罪深い男でしょうか」の問いに、著者は、アカゲザルやアカシカを例にあげ、マスターベーションが代償行為ではないことをきっぱり証明する。

「マスターベーションとは古い精子を追い出し、発射最前列を新しくて生きのいい精子に置き換える作業です」と答える。たくさん放出すればいいというわけではなかったのだ。また「薬指の長い男ほど、男性ホルモンの一種であるテストステロンのレヴェルが高い」そうだ。一時期、健康雑誌に薬指を引っ張ると、とてもいいようなことが書かれていたが、これと関係しているのだろうか。

『アダルト・ピアノ──おじさん、ジャズにいどむ』（井上章一、PHP新書）は、女性にモテたいがために、四十一歳からピアノを始めた不純きわまりない話。僕とそっくり。違うのは「私は、八年間にわたり、血のにじむような努力をしてきた」という練習量の違いだ。

ピアノを習ったこともなく、譜面も読めない人がとにかく弾けるようになるには、本書でも語られているが、まず、コードを知ることだ。ド・ミ・ソがCで、レ・ファ♯・ラがD、ミ・ソ♯・シがE。真ん中の音を半音下げればマイナー。これがわかれば、だいたい弾けるようになる。

著者はなんと《ワンス・アポン・ア・タイム・イン・アメリカ》の〈アマポーラ〉まで弾けるようになってしまう。すごい。うらやましい。

でも、弾けない人がそれでもピアノを弾くにはどうしたらよいか。自分で曲を作ればいい。たどたどしくてもいい。人生と同じ。伝えられなかったことを歌にする。見えなかったものを奏でる。

『ニューギニア水平垂直航海記』（峠恵子、小学館文庫）は、女の子がヨットでニューギニアまで航海する日記。船酔い、排泄の苦労、隊長の怒号、ゴキブリの恐怖、自分との戦い、面白かった。

近寄れない、でもこの本が好き

ステキだなと思っても、近寄れない人がいる。ものの考え方など似ている部分もあるかと思えるのだが、まったく「友達」になどなれそうにない。

『泣く大人』（江國香織、角川文庫）を読んでそう感じた。好きな「ニューヨーク」の街や「深夜のバー」「男友達」などについて書かれているが、僕は一度も外国に行ったことがないし、バーは苦手だ。「男友達」の条件みたいなものに対し、自分はもののみごとにはずれている。

たとえば、「かつて恋をした男と女が男友達と女友達になるには、たぶん、必要なことが二つある。一つは互いに全く未練がないこと。もう一つは、二人とも幸せなこと」とある。

自慢じゃないが未練がましい。「男らしさ」とか「男っぽさ」は、これっぽっちも持ち合わせていない。しかし、それでも僕はこの本が好きだ。「虚飾のない傍若無人」な「犬」が好きで、「裏庭」に「井戸」がある家を好み、「ハイジのような、やさしい心」

を欲し、なおかつ「不良」の精神を持ってでも小説を書く。いいなと思う。そしていちばん欲しいものは僕と同じく、「惜し気もなく」使える「勇気」だからだ。

『少年記』（野田知佑、文春文庫）はいい。熊本の美しい野や山や川で毎日思いっきり遊ぶ姿が描かれている。中学、高校は北九州に引っ越すのだが、工業都市の生活に馴染めなければ、今度は猛勉強。映画もたくさん観る。でも、休みになると熊本の田舎に飛んで帰り、時には学校をさぼってまで帰る。そして、生き返ったように、また、川で遊ぶのだ。

「人間は五〇歳からでも充分間に合う」という母の口癖。腕枕してくれた、兄の優しさ。そんな少年時代の思い出が自然体で描かれている。「大人になるのは素晴らしい。自由に生きることができるのだから」と言い切る。さわやかで、せつない一冊である。

『猫めしの丸かじり』（東海林さだお、文春文庫）は、変わらぬ面白さだ。二十代の頃僕は「ショージ君」「タンマ君」「新漫画文学全集」で育った。眠れぬ夜など何度読み返したことだろう。エッセイも素晴らしい。食べ物について、これだけ書いても何一つ嫌みがないのは不思議だ。親近感がある。でも近寄れない。似たもの同士は、もしかすると近親憎悪に陥るからだ。

リズムがある、心地よい、色っぽい

たとえば、ピアノ弾き語りをする時、何が一番大切かというとリズムではないだろうか。リズム楽器がない場合、自分の身体の中に流れるリズムを引き出さなければ歌うことはできない。眠っている血を揺り動かさなければ歌にならない。一人は心細い。しかし、そこにギターなりバイオリンなりサックスといった楽器が一つでも加わるとずいぶん違う。もちろん、息が合ってないと駄目だが。すごい人は、メロディーを弾くだけでリズムが見えてくる。リズムをきざむだけでメロディーが聴こえてくる。呼吸と間《ま》から音楽が生まれる。

短歌を作る時もきっとそうだ。『考える短歌——作る手ほどき、読む短歌』（俵万智、新潮新書）は「ここを、もう少しこうすれば、ぐっとよくなるのでは」という提案から投稿歌を添削する。

「副詞には頼らないでおこう」「現在形を活用しよう」「主観的な形容詞は避けよう」など、僕などがつい陥りやすい欠点を指摘してくれる。「寂しい」という言葉を使わずしていかに「寂しさ」を表すか。

「たとえば君　ガサッと落葉すくふやうに私をさらつて行つてはくれぬか」（河野裕子）。

やはり、いい歌はリズムと共に情景が広がる。

『センセイの鞄』（川上弘美、文春文庫）は心地よい小説だ。いったいどこの居酒屋に行けば「ツキコさん」のようなひとにめぐり逢えるのだろうか。一緒に「朧月」を眺めたい。「キノコ狩」に行きたい。「家になんか帰りません」と言われてみたい。

青山二郎の名は、白洲正子の『いまなぜ青山二郎なのか』（新潮文庫）で知ったのだが、宇野千代の『青山二郎の話』（中公文庫）には、妙に色っぽいシーンがあった。

「『また来ます。』と言って、私が玄関で履物を穿き、門のそとへ出ようとすると、青山さんも同じように私のあとから出て来た。『あら、あなたも一緒にお出掛けになるの、』と言ったのであるが、そのときになって私は、青山さんが私の帰るのが気に入らない、いや、怒っている、と分ったのであった」

最後に、青山二郎の「日本の陶器」からステキな言葉。「優れた画家が、美を描いた事はない。優れた詩人が、美を歌ったことはない。それは描くものではなく、歌い得るものでもない。美とは、それを観た者の発見である。創作である」。

普通であること、みんなと違うこと

彼女に男がいるのではないかという妄想にとらわれたことがある。嫉妬されてもしかたがない立場にいたのは僕の方であったにもかかわらず、僕が彼女に嫉妬を覚えていたのだから恥ずかしい話である。幻聴や幻覚まではいたらず、表立った事件も起こさなかったから病院に収容されることはなかったが、『精神病棟に生きて』(松本昭夫、新潮文庫)と同じ著者の前著『精神病棟の二十年』は、自分のことのようでいたたまれなかった。

前著で著者は自分が統合失調症になった原因は「異性問題」にあり、その「空洞を埋めてくれるもの」も「女性のやさしい愛だ」と書いた。しかし今回の本の専門家による解説を読むと、「現在のところ、統合失調症の原因がはっきり特定できたわけではない」らしい。「百人に一人が発症する身近な病気である」ともいう。こうした精神をどうすれば昇華していくことができるだろうか。

普通であることが一番ステキだ。自分も普通でありたいと願うが、はたから見ると普通ではないかも知れない。誰とも上下関係でありたくない。もっともらしい意見を疑う。議論より猥談を好む。騒音、排ガス、煙草の煙が苦手なので行き先は限られる。当然、友だちは少ない。

『「人間嫌い」の言い分』（長山靖生、光文社新書）には、こんな一節がある。「人間嫌いというのだから人間が嫌いなのかというと、必ずしもそうではない。むしろ彼らは、人間が好きなことが多い。ただ、人間たちが徒党を組んで集団になった時に醸し出される非人間的な臭みがいやなのである」

昔〈友よ〉という歌が歌えなかった。合唱が恥ずかしい。歌いたければ歌い、歌いたくなければ歌わない、それが歌っていることなのにと思う。

この本は「みんなといっしょであることに重きをおくから、『なかまはずれ』が問題となり、苦痛となるのだ。はじめから『私は私』であれば、『みんなと違う』のはむしろ当たり前なのだ」と説く。共感。

『実感的人生論』（松本清張、中公文庫）は、貧しさからくる羞恥心と劣等感が描かれていた。「懐にはいつも文芸書を持っていることが、わずかに救いになっていた。いつかは小説家になろうと思っていたのである。人間はどんな不遇なときでも、何か心のより所をもつことは必要のようである」

いい文章には血が流れている

『友を偲ぶ』(遠藤周作編、知恵の森文庫)は三十二編の追悼文を集めた本である。ふつう追悼文というと、さしさわりのない美辞麗句やそのうち天国で酒でも酌み交わそうみたいな決まり文句を思い浮かべるが、ここに集められたものは違う。まるで対決しているかのように血が流れている。

舟橋聖一のわがままぶりを書いた丹羽文雄。若い作家に嫉妬して文学賞をとらせまいと邪魔をする円地文子を「かわいい」と語る瀬戸内寂聴。五十年来の親友である今東光が川端康成の自殺の理由は「彼の心以外には、誰ひとりわからない」と答えるあたり、すがすがしい。

向田邦子に対する秋山ちえ子。川上宗薫に対する色川武大。手塚治虫における中島梓など、泣けてくるものばかりだった。それは悲しいからではなく、美しく思えたからである。

しかし、追悼文や批評を読んであの人はああいう人なのかと真に受けてはいけない。

たまたまその人の目から見た一面に過ぎないし一方的なものでしかない。言葉は自分の心しか語れない。ためしに人の悪口を言ってみよう。鏡に映し出されるのは醜い自分の方である。

『父の文章教室』（花村萬月、集英社新書）は幼い頃、父から受けた窮屈な英才教育が書かれている。六歳から岩波文庫の古典などを無理やり読まされたのだ。文章教室というより、学校にも行かず悪さを覚えたという著者の育った環境の方に興味を持った。最後に父のことを書いた小説「らんはん」が収録されている。それを読んですっきりした。掌編だが小説の持つ力というか凄みがある。もしかして、亡き父上が書いたのではないかと感じた。

『東京のオカヤマ人』（岩井志麻子、講談社文庫）は、底知れぬ赤裸々なエッセイ集であるがゆえに、ホラー小説を読んでいるような気分になる。「そりゃまあ、わしじゃて今までで最高に気持ちえかった相手はと聞かれたら、小学校の校庭にあった昇り棒と答えるけどな」ぐらいではすまされない。「私のフェロモンは今まで、好青年や美少年やお金持ちやエリートには効いた例しがないのである。私のフェロモンが引き寄せるのは、ずばり『ヤバい人』ばかりだ」とおっしゃるように、いつのまにか「ヤバい人」の一員になってしまいそうだ。

いい文章は実直だ。言いにくい本音が面白おかしく美しく描かれている。

自分の中にあるから発見できる

『おとこ友達との会話』(白洲正子、新潮文庫)は赤瀬川原平を始め九人の方たちとの対談集である。利休、骨董、お能、神の存在などについて語り合うのだが、たびたび、小林秀雄、青山二郎が登場してくる。

「青山二郎さんがね、発見っていうのは、自分の中に既にあるから発見できるんだと言ってるの」。発見というのは、自分を発見することだったのだ。

大学で教えることになった小林秀雄が専門のフランス文学ではなくて、一番知らない日本の歴史を教えることになった話も面白い。知っているから教えるのではなく、自分が学びたいものを教えるのである。

河合隼雄との対談では「精神的なものが精神を隠してしまう」という言葉が出てくる。これは他の事にもあてはまる。音楽的表現が音楽を隠してしまうのだ。「『目きき』だなんて自分で思ってる人はたいてい『田舎目きき』よ」。対談集というよりも名言集である。

『錢金について』（車谷長吉、朝日文庫）は「文学とは何か」が大きなテーマだ。小説を読む場合もそれを分かった上で読むのと分からないで読むのとでは違いがあると言う。「人間の本質は悪であって、その悪を書くのが文学の主題である」「小説一編を書くことは人一人を殺すぐらいの気力がいる」。なんとも暗く重い。しかし、魂に突き刺さるぐらいのものでなければいやされないのである。

「新潮平成六年八月号に、私は『抜髪』を発表した。その時、白洲正子さまが週刊新潮平成六年七月二十八日号に、車谷長吉さんは神さまに向って言葉を発している。という談話を発表して下さった。私ははッとした。以来、私の中には一つの決意が生れた」という一節に触発され、「抜髪」（新潮文庫『漂流物』所収）を読んだ。すごかった。これが小説なんだと思った。私が伝わって来なければ、私が書く必要はない。私の心以外に何を書く必要性があろうか。

『世にも美しい数学入門』（藤原正彦・小川洋子、ちくまプリマー新書）を読んだ。「三角形の内角の和は百八十度であるということ自体がもう、素晴らしく美しい」という。「永遠の真理」だからだ。それも「数学者が頭でつくり上げた」のではなくて、「隠れていたものを自分たちが発見した」のだということに、神々しさを感じた。

「偉いねー」ほめる美術教育の記録

『りんごは赤じゃない――正しいプライドの育て方』（山本美芽、新潮文庫）はある公立中学校の美術教育の記録だ。その先生はとにかく生徒をほめる。早く教室に来るだけで「よく来たね！　偉いねー。なんていい子なんでしょう！」と握手する。忘れ物をした生徒がいても「今度から忘れないようにします」と答えれば、「よく言えたね。すばらしい」「最高よ」とほめる。「忘れ物をしたという『失敗』をとりあげるのではなく、忘れ物をしないようにしようと思う『心』を評価する」。

全員ほめる。些細なことでいい。「字がとてもきれい」ってほめる。頼み事をしてくれたら「ありがとう！　本当にいい子ね」と感謝を表す。お喋りを注意する時は「名指しでは非難しない」。「授業にかける気迫と自分に恥をかかせないでくれた温かい気遣い」を感じとらせる。「『だめ』ではなく『イヤだ』という」。命令ではなく気持ちを伝える。

たったそれだけなのに、生徒は見違えるようにやる気を出す。教育の第一歩はほめることだったのだ。考えてみれば、大人だってほめられたい。認められたい。子どもならなおさらだ。

生徒の作品を教室に飾る。「上手いかヘタか」ではなく、心の眼でものを観察するこ
とを教える。すると、自分の色で絵が描けるようになるのだ。内申点が低いって文句を
言いに来た生徒に、先生は「どうしてこうやって点数で人間をはかるようなことをしな
ければならないんだろうね」と涙ぐむ。

数年前、ルポルタージュ作家で知られる上原隆氏から取材を申し込まれたことがある。
その時、僕は生意気にも「自分のことは自分で書きますから」と断った経緯がある。そ
のおかげで僕は『たましいの場所』という本が書けたのであった。
エッセイ集『雨の日と月曜日は』（上原隆、新潮文庫）は恥ずかしい場面もある。や
はり書くという行為はそういうことなのだ。「困難にくじけた場所こそが思想の土壌で
あり、その場所を忘れないことが大切なのだ」という鶴見俊輔の言葉が底に流れている。
愚かさと悲しみしか書くものはない。

過去はやり直せない。後悔と嫌悪の連続だ。しかし『人生には何ひとつ無駄なものは
ない』（遠藤周作、朝日文庫）を読むと、ちょっと勇気が湧いてくる。マイナスの中に
プラスがあり、プラスの中にマイナスがあることをはっきりと示してくれるからだ。

もてない人の気持ちがわかる

もてないのでもてない人の気持ちがわかる。『帰ってきたもてない男――女性嫌悪を超えて』（小谷野敦、ちくま新書）の著者小谷野さんが僕と同じかどうかはわからないが、もてない男ほど女にうるさい。

僕が思うに、もてない男は世間にもうるさい。自分を棚に上げ人にきびしい。友だちがいない。流行について行けない。恋に恋をするだけで男前とはほど遠い。

孤独には強いはずなのに、プールの中で熱帯魚のように戯れているカップルを見ると泣けてくる。男がみんな自分よりダサく思える。うぬぼれている。

劣等感を持っているので、優越感を得たくてしょうがない。批判されると無性に腹が立つ。ほめられるとぐにゃっとなる。仕事熱心だ。まじめだ。責任感もある。人を笑わせることだってできる。なのにもてない。

小谷野さんは「出会い系サイト」にも挑戦する。僕も人一倍興味はあるが、騙されそうなのと、ひどくみじめな思いをしそうなのでまだ足を踏み入れていない。

あとがきで小谷野さんは「もてる女ともてる男の間でぐるぐる相手が変わっているだけで、もてない男に女は回ってこない」と自ら夢を打ち砕く。

そして谷崎潤一郎をまねて「七ヶ条の求婚条件」を提出する。それが笑える。しかし、僕と一致しているのは第四条の「特に美人でなくともよいが、私の好みの顔だちであること」だけで、「学歴や知性にこだわる」点などにおいて、まるで正反対なのにはびっくりした。

幸福は一種類だけど不幸は何種類もあると言われるように、もてない男にはいろんなパターンがあることを知った。

『人はあなたの顔をどう見ているか』（石井正之、ちくまプリマー新書）は、生まれつき顔に赤アザがある人が、いじめや無神経な視線に対し、どのように対処していけばよいかを書いた本である。もしも逆の立場だったらという想像力をみんなが持てば、傷つけ合うことは少なくなると思うのだが。ぜひ多くの方に読んでもらいたい。

『「ひと」として大切なこと』（渡辺和子、ＰＨＰ文庫）より。「人は、孤独の中で成長します。わざと孤独にならなくてもいいのですけれども、否が応でも襲ってくる孤独感があったとしたらば、それをしっかり受け止めて、闇がもったいないという感覚で、この孤独を味わえる間味わって、安易なものでこわさないでおいてください」。

語るべきことは語れないことだ

『小林秀雄講演』(新潮CD)をいつも聴いている。全編文字起こしをしたいくらいだ。どうして書き言葉より話し言葉の方がわかりやすいのだろう。抑揚や息遣いから顔の表情まで浮かんでくる。

「だからその私の本はこういうもんだっていうことを広告しようと思うけどもだね、実際はかいつまんで言えるような本じゃないんです。買って読んでもらわないと何だかわかんない本なんです。これも広告ですかな。そいでねそのいや実際そうなんですよ。あたしゃね読んでもらわなきゃわかんない本でなきゃ書きゃしませんよ。これで喋ってわかる本なら何も本を出すことないんですから。でいっぺん読んだってなかなかよくわかんないからね。だから四千円は安いですよ」

『小林秀雄対話集』(小林秀雄、講談社文芸文庫)も面白い。坂口安吾には「何言ってやがる!」と裸でぶつかり、正宗白鳥には「正宗さんの奥さんはいい奥さんだなあ」と酔って甘える。

心を打つ言葉がいっぱいあった。「世間はまちがわんですよ」「美は精神のみに属するんだ」「書いてるものを重んずる人はぼくには面倒臭いのだな」「孔子がいってるね、『知る者は好む者に及ばない。好む者は喜ぶ者に及ばない』」

語るべきことは語れないことで、見るべきものは見えないものばかりだ。

『お笑い！　バリアフリー・セックス』（ホーキング青山、ちくま文庫）の著者は、「オマエなんかどうせ、そんな身体なんだから、一生女なんて知れねえんだよ！」と父親から言われたことへの反発もあった。女の子をナンパして「身障とヤれる機会なんてなかなかないよ！」と口説いたり、みんなに自信と希望をもってもらうよう、身障者専門デリバリーヘルスを体験する。

「いかに『障害者の性』ということが、他の一般のエロ話同様、実にくだらなく、バカバカしいものであるかということを、ぜひ知ってほしい」「『障害者の性』が笑って語り合えるようになればなるほど、この『障害者の性』にまつわるさまざまな問題の解決は、近くなると思う」とホーキング青山さんは願う。

『唯幻論物語』（岸田秀、文春新書）は著者の強迫神経症と鬱病の原因を自ら追究していく物語である。「自分がいかに卑屈であるかを理解すればするほど客観的には卑屈でなくなる」「卑屈な者のみが傲慢になるのである」という分析に納得した。

たとえモラルから離れていても

僕はもう、笑えること、感動すること、Hなこと、それ以外はすっかり興味を失ってしまった。

しかし、Hについては、わざわざ口にすべきことではないかも知れない。やはり、内緒にしといた方がいい。隠れてやりたい。ずっと秘密のままでありたい。その方が美しいからだ。

ある日、犬と海岸を散歩している時、いかにも不倫していますというカップルがやってきた。男は校長先生、女は若い教師と勝手に想像した。空は真っ赤な夕焼け。ふたりは堤防に座るのだが夕陽なんか目に入らない。顔と手がべったりとからみあい、しなだれかかった女性の身体はもうとろけそうであった。

まじめそうなのに、あまりに不釣り合いで大胆な行為だったため、犬仲間たちはあっけにとられ、気持ち悪いという顔をしたけれど、僕はうらやましかった。はたから見れば醜くとも恋人同士は純粋なのだ。そんな光景をふと思い出した。

『しょっぱいドライブ』（大道珠貴、文春文庫）は三十四歳の女性が七十歳くらいにみえる男性とデイトする物語だ。女性の名はミホ、男は九十九《つくも》さんという。九十九さんは人が良くて、気が弱くて、へなちょこだ。けれどミホの心はだんだんと揺れ動いてゆく。「一度、わたしたちは寝床を共にしたけれど、あれが性交なのかなんだったのかいまだにわからない。わたしはたびたび思い返している。いまこのひとときもガムを嚙みながら思い返している。『漏れそうです』と九十九さんは声をふりしぼるようにして言った」

哀しいのはリアルだからだ。今もミホと九十九さんがその港町で一緒に暮らしているように感じる。

『「秘めごと」礼賛』（坂崎重盛、文春新書）は、永井荷風、谷崎潤一郎、江戸川乱歩、吉行淳之介、石川啄木、斎藤茂吉、伊藤整らの作品を紹介しながら、家族の団欒だけが幸せなのではなく、世間のモラルからかけ離れた、愚かなる行為が人によっては生きてゆくエネルギーとなり、精神しだいでは「芸術作品」にもなりうると説く。

『帰りたくない！　神楽坂下書店員フーテン日記』（茶木則雄、知恵の森文庫）は酒とギャンブルとミステリーをこよなく愛する書店員のエッセイ集だ。波瀾万丈を求めるあまり、家庭を顧みず家を空け、妻に罵倒される日々がつづられているものの、不思議と心温まる本である。

あとがき

ものの考え方や感じ方が、若いころとあまり変わっていない気がする。ぼんやりしていたものがはっきりと見えてきただけだ。もしかして、みんなと違う部分があるかも知れないが、僕はこのようにしか考えられないということを書きとめておきたかった。前著『たましいの場所』とこの本で言い尽くした感がある。もう思い残すことはない。

歌については(もしも興味を持っていただけたら)、昔の音源ではなく、アルバム《I LOVE HONZI》か、最新のライブを聴いていただけるとありがたい。今を生きている人は、どんなに年老いても今の僕を見てくれるはずだからだ。

表紙の写真は、二〇〇二年十二月十三日、鎌倉材木座海岸で撮影したものである。

黒鳥はいつもいるわけではなく、チャコと散歩していたその日、初めて出合い、それ以後は見かけていない。近寄っても逃げず、夕日が沈む瞬間、水平線は金色に輝いていた。まるで童話のようであるが、父と母が逢いに来てくれたのではないかと思った。

「特別収録エッセイ」は、一九九五年、アルバム《ひまわりの花》発売記念コンサートツアーのチラシに佐久間正英さんが寄せてくれた文章である。奥さま英子さんに掲載許可願いのお手紙を差し上げたところ「正英さんも『ぜひぜひ〜』と言って喜ぶ姿が目に浮かびます」というご返事をいただいた。

カバーデザインは本屋時代から憧れていた羽良多平吉さんに再びお願いした。編集するにあたって、筑摩書房編集局井口かおりさんからはたくさんの助言をいただき大変お世話になった。

世界中にひとりでも「そうだね」とうなずいてくれる人がいれば感謝です。

二〇一四年五月二十日　　早川義夫

特別収録エッセイ　早川義夫の幻影と過ごした二十五年

プロデューサー・佐久間正英

早川義夫に出会ったのは私がまだ高校生の時であった。十五か十六か、思いだせないが既に音楽に真剣に取り組み始めていた年齢である。ある雑誌の記事にジャックスの事が書かれていた。ヤマハのコンテストで準優勝になったバンドとして。小さな写真に写っていた異様に髪の長いサングラスの男と〈からっぽの世界〉という歌に関する小さな論評。何故かは未だにわからないがそのバンドを見たいと痛切に思った。意外にもチャンスはすぐに訪れた。その当時のバンド仲間がコンサートの情報を得て一緒に見に行ける事になった。お茶の水の日仏会館で行われるという。会場の異様な雰囲気。アングラと言う言葉そのままの空気。前座に遠藤賢司が出た。もちろん初めて聞いた歌。〈本当だよ〉は素晴しかった（まさか後年その曲を一緒にやるとは思いもせず）。次いでジャックスの登場。言葉も出なかった。目の前で行われている事が理解できなかった。歌われるものの全てに感動し身震いした。帰りの電車の中で物の見え方が変わってしまったのに気がついた。

その日以来私の中で「早川義夫」は特殊な存在になってしまった。憧憬、畏敬、遠い存在、触れてはならない心の領域。トラウマ?

ある日新宿の「風月堂」で話をする機会を得た。今となっては何を話したかよく覚えてはいないが〈マリアンヌ〉を創ったときの話を聞いた様に思う。マリアンヌが誰なのかは恥ずかしくて聞けなかったが。予想した通り優しくも強い口調が予想しなかった高い声で語られた。その後ジャックスのレコードやコンサート、TVの「ヤング720」等で何度も声を聞いたが残念ながらあの日仏会館で得た感動には遠く及ばなかったように記憶している。ジャックス解散後《かっこいいことはなんてかっこ悪いんだろう》というアルバムを手にいれた。再び私にとってのあの「早川義夫」に出会えた。何度と無く聞き返した。それこそレコード盤がすり減る程。その当時の私はロック(洋楽の)にしか既に興味が無かったはずなのに。そのアルバムを最後に早川義夫は私の前から姿を消してくれる筈であった。が、その後も本の出版や何かにつけ持ち出される伝説のバンド・ジャックスの論評やら、その度にハッとさせられた。

一昨年、再度歌い始めるとの情報を得た。行きたかったが同時に見ることへの抵抗があった。私の中の「早川義夫」をそっとしまっておきたかったのだろう。そして新しいアルバムの発表。さすがに聞かずにはいられなかった。そのCDを再生するのにはかなりの勇気と覚悟が必要だった。二十年超プロの音楽家として、或いはプロデューサーとしてどうにか続けてきたのがこれを聞いたら今までの自分を全て否定せざるを得なくなってしまうのではないか、自分の創ってきた「音楽」というものを全て捨てたくなってしまうかも知れない恐怖。きっと何もできなくなってしまうに違いないと。全てがフリダシに戻ってしまいそうな予感。同時に幻影はきれいな幻影のままで自分の中にしまっておきたいという気持ち。でももちろん聞かずにはいられなかった。CDをかけ、〈この世で一番キレイなもの〉が歌い出される。声の印象は随分違っていた。もちろん二十五年経っている。が、素朴なピアノの音と声の存在の仕方にまぎれもなく「早川義夫」がそこに再生されていた。私の幻影の中の「早川義夫」とは違ってはいたがその幻影には無かったもっともっとリアルな「早川義夫」の歌がそこにはあった。私が危惧していた事は一切起こらなかった。歌を聞き、もちろん感動した。そして同時に自分に、自分のやってきた事に再度自信を持てた。「時間」は決して無駄に通り過ぎない事を確信した。

人生とは奇遇の連続である。ひょんな事からその「早川義夫」と仕事をするハメになってしまった。それもプロデューサーとして。正直、重荷である。子供の時の憧れの人との仕事。私にとっては「神」でさえあった人。

初めての打ち合わせ。心臓が高鳴ってしまった。プロとして仕事を始めて初の経験。アガッていた。

そして実際のレコーディング。何日も前から緊張の日々。頭から曲が離れなかった。私が演奏し、あの「早川義夫」がそこで歌っている。が不思議と緊張は和らいでいた。演奏中、不思議な感覚に陥った。「あれ？　何で俺はこんなことが弾けるんだ？　何でこんなに自由に演奏できるんだ？」と。そこに早川義夫の歌がリアルに本当にリアルに聞こえてくる。早川義夫の絶叫の瞬間、気がつくと私の目から涙が流れ出ていた。普段自分でも嫌になる程シニカルな私にとって、歌に感動して涙を流すなんて鳥肌の立つようなシロイ話。が、とにかく涙が溢れ出てしまった。演奏が終わってコントロール・ルームへ戻る。スタッフも皆涙を浮かべている。二十年以上音楽を続けてきてこんな光景・状況に遭遇した事は無かった。私にとっては有りえない状況だった。「幻影」は消えた。私の中のトラウマとも呼びうる感情は消えた。「歌」だけがそこに存在した。私の中に渦巻いていた「早川義夫」に初めて決別できた。素直に「早川さん」と話しかけられる様になった。

「早川さん、いつまでも歌い続けて下さい。そしていつでも歌うことを止めて下さい。」

平成七年八月二十九日

推薦文

読みやすい哲学書。
名言の湖。
ヤル気が出ました!

斉藤和義
（シンガーソングライター）

出典・初出一覧

本書は、左記の二冊の本の一部を収録するとともに、未収録のものや書き下ろしを加えた文庫オリジナル版です。

N＝『日常で歌うことが何よりもステキ』（アイノア、二〇一〇年九月刊）から
I＝『いやらしさは美しさ』（アイノア、二〇一一年九月刊）から
S＝早川義夫公式サイトから

第一章　友だちなんていないと思ってた

趣味は恋愛　書き下ろし
弱くてもいいんだ　S　2011.7.16
一緒に踊っちゃった　S　2013.8.3～2013.8.4
Hello World　S　2013.9.19
The beautiful world　S　2013.9.29
Vacant World　S　2013.10.7
シカゴ公演　S　2013.10.15～2013.10.20

お詫び　S　2014.1.20

第二章　また逢えるよね
歌手　高田渡さんを悼む　いい歌　歌いつくした　I　『朝日新聞』夕刊　2005.4.18
I　LOVE　HONZI　N　2007.1.20＋30行ほど書き下ろし
HONZIありがとう　N　2007.10.3
チャコの死　N　2008.11.1
死後の世界　N　2008.1.1

第三章　音楽は本当のことしか伝わらない
音楽と○○　N　2006.5.11
さみしいメロディー　N　2009.8.5
繰り返すこと　N　2009.4.12
裏窓のピアノ　I　2010.10.24
痛みと悲しみの音楽　S　2012.1.28
心構え　S　2012.2.4
一人ブッキング　S　2012.11.10
旧グッゲンハイム邸　S　2012.11.11
くせ　S　2013.2.22

色っぽさ　S　2013.3.16
青い月　S　2013.7.28
山本精一さん　S　2013.8.30〜9.1
露出したかった　S　2013.12.14
仲良しの秘訣　S　2014.1.28
官能的　S　2014.3.1
本当のことしか伝わらない　S　2014.3.25
好きなタイプ　N　2009.1.18
好きな音楽　S　2013.11.25, 2013.11.28
ラブ・ゼネレーション一九九四年　I《この世で一番キレイなもの》初回プレス付録パンフレット 1994
類は友を呼ぶ　I『THE YELLOW MONKEY 1989-99』（BOWINMAN MUSIC）1999.1
スローバラードの情景　I『ロック画報』10（ブルース・インターアクションズ　特集RCサクセションに捧ぐ 2002.12.1）
音楽には感動というジャンルしかない　I『Rock In Golden Age』Vol.23 2006.9.1（講談社）
北村早樹子の歌　I『Quick Japan』66号（太田出版）2006.6.12
銀杏ＢＯＹＺを聴いて自分は何を歌いたくなったかが大切なのである。 I『GINGNANG SHOCK！ ギンナン・ショック 下』（白夜書房）2007.6.1

ぼくの好きなもの　音楽　I『雲遊天下』102（ビレッジプレス）2010.5.1
歌の定義　I『ニュー・ルーディーズ・クラブ Vol.5』1994.12.25
サルビアの花　I　2004.6.16
文学賞と音楽賞　I　2005.6.13
ジャックスについて　I　2008.11.28＋25行ほど追記

第四章　間違いだらけの恋愛術

プール　N　2004.9.26
紙一重　N　2006.12.23
あがっちゃった話　N　2007.7.20
相思相愛　N　2008.7.12
エレジー　S　2012.5.6
初めての合コン　I　2004.5.1
ぼくの好きなもの　女の子　I『雲遊天下』101（ビレッジプレス）2010.2.1
ベスト3　S　2012.1.1

第五章　生きてゆく悲しみ

いい人は人を元気にさせる　N　2007.5.7, 2008.7.24, 2009.2.23, 2010.3.13
別離　N　2009.5.1

うぬぼれ　S　2012.9.3
みんな同じ道　N　2008.1.27
人はなぜ書くのか　N　2008.9.5
バランス　N　2005.8.15
哀しい酒　N　2006.3.17
書くこと、撮ること、歌うこと。　I『東京人』（都市出版）2004.11
好きなもの嫌いなもの　I　フリーペーパー『CVi』Early Spring 2006（003号）キャピタルヴィレッジ 2006.1.30
アンケート　証言・一九六八年　昭和四十三年　I『団塊パンチ』創刊3号（飛鳥新社）2006.11.5
アンケート　余命半年と宣告されたら？　I『dankai パンチ』2009.2（飛鳥新社）2009.2.1
読書日記　I『日本経済新聞』2010.5.12, 5.19, 5.26
黒鳥　I　2004.7.20
使い捨てカメラ　I　2004.9.15
男の嫉妬　I　2006.1.1

第六章　しいこちゃん

お風呂　N　2008.4.1

十年ぐらい前の母と妻との会話　N　2006.1.10
人が好き　N　2007.2.8
サーフィン　N　2007.10.28
異常者の役　N　2008.7.19
飲み過ぎ　N　2008.11.24
独り暮らし　N　2009.6.1
水曜日の女　I　2011.4.1
うちらバラバラ　書き下ろし

第七章　いい文章には血が流れている
I『朝日新聞』読書面「ポケットから」2003.4.27～2006.2.19　連載

特別収録エッセイ　早川義夫の幻影と過ごした二十五年（佐久間正英）
CD『ひまわりの花』（早川義夫）コンサートツアーチラシ（SONY）